Krystyna Kuhn
Schneewittchenfalle

Außerdem von Krystyna Kuhn
im Arena Verlag erschienen:

Märchenmord
Dornröschengift
Aschenputtelfluch
Bittersüßes oder Saures
Das Tal – Season 1, Band 1: Das Spiel
Das Tal – Season 1, Band 2: Die Katastrophe
Das Tal – Season 1, Band 3: Der Sturm
Das Tal – Season 1, Band 4: Die Prophezeiung

Krystyna Kuhn
wurde 1960 als siebtes von acht Kindern in Würzburg geboren.
Sie studierte Slawistik, Germanistik und Kunstgeschichte,
unter anderem in Moskau und Krakau. Sie arbeitete als Redakteurin
und Herausgeberin. Seit 1998 ist sie freischaffende Autorin
und schreibt mit Vorliebe Thriller und Krimis. Krystyna Kuhn lebt
mit ihrem Mann und ihrer Tochter in der Nähe von Frankfurt.

Krystyna Kuhn

Schneewittchenfalle

Arena

Für Nina, Clara

und

natürlich Mascha

Das gleichnamige Hörbuch
ist bei Arena Audio erschienen.

10. Auflage 2011
© 2007 Arena Verlag GmbH, Würzburg
Alle Rechte vorbehalten
Gesamtherstellung: Westermann Druck Zwickau GmbH
ISBN 978-3-401-06085-9

www.arena-verlag.de
Mitreden unter forum. arena-verlag.de

Ich, der arme unglückliche Robinson Crusoe, habe während eines fürchterlichen Sturmes auf hoher See Schiffbruch erlitten und wurde an die Küste dieses trostlosen, unglückseligen Eilandes verschlagen.

Daniel Defoe, Robinson Crusoe

EINS

Stella.«
Jemand ruft mich.
So leise wie Vogelgezwitscher.
»Stella. Stella.«
Was ist los?
Bin ich im Auto eingeschlafen?
Muss ich wohl, denn ich bin noch immer müde. Meine Augenlider scheinen nicht mehr zu funktionieren. Immer wieder klappen sie zu, sodass ich erneut im Dunkel verschwinde, in dem sich der Geruch nach heißem Metall mit der schwülen Luft vermischt.
Energisch reiße ich die Augen auf. Aus dem Schwarz der langen Nacht taucht ein Gesicht auf. Nicht mehr als ein Schatten. Nicht mehr als eine Maske. Ein unbekannter Mann beugt sich über mich. Seine Augen sind so groß! Mein Gott, er hat einen Mund wie Dagobert Duck.
Was sagt er?
Ich kann ihn nicht verstehen. Als ob er unaufhörlich leere Sprechblasen produziert.
Etwas stimmt nicht.
Ich sehe alles vergrößert. Wie durch eine Lupe.
Wirklich seltsam.
Dann schrumpft er zusammen auf normale menschliche Größe. Der sieht ja aus wie der Chefarzt in dieser Fernsehserie.
»Du bist im Krankenhaus«, *sagt er mit diesem falschen Lächeln, wie es auch Dr. Heilmann draufhat, wenn er im Film schlechte Nachrichten überbringt.*
Was gibt es da zu lächeln, will ich sagen, aber kein Wort kommt über

meine Lippen. Vielmehr bin ich damit beschäftigt, nicht wieder einzuschlafen.
Stella, wach bleiben!
Also, warum bin ich im Krankenhaus? Wir müssten doch eigentlich bei Pat sein. Sven, Mama und ich.
Ich drehe den Kopf zur Seite. Ein großes Fenster rechts, durch das die Sonne fällt. Ein zweites Bett neben meinem. Es ist leer.
Über mir schwebt ein Fernseher.
Ich kann meine Augen nicht mehr aufhalten.

Wie lange habe ich geschlafen?
Welcher Tag ist heute?
Mein Vater sitzt neben meinem Bett. Er ist der Letzte, den ich erwartet habe. Wir haben ihn doch erst gestern zum Flughafen gebracht. Das Schiff. Die Nordstern. Sie läuft von Kapstadt aus. Er war auf dem Weg in eine Gegend, in der ein Flug zu einem Krankenhaus so unmöglich ist wie eine U-Bahnfahrt zum Mond.
Sein Gesicht ist kreidebleich. Warum schaut er mich so seltsam an? Er reibt sich die Augen. Sind es Tränen oder ist er einfach nur müde? Seine Hand streicht über meinen Kopf! Was ist das denn? Hey, ich bin nicht Sven! Meine Kinderzeit ist vorüber! Falls du es noch nicht mitbekommen hast, Daddy, ich bin vierzehn. Streicheln verboten!
Ich versuche mich aufzurichten, aber es geht nicht. Dort unten hängen meine Beine in der Luft. Mir wird klar: Ich bin im falschen Leben, im falschen Film.
Also schließe ich meine Augen wieder.
Klappe! Zweiter Versuch.
Vielleicht gelingt es mir jetzt im richtigen Leben aufzuwachen. Dort, wo ich hingehöre. In unserer Wohnung in Bremen mit Blick auf die Weser, in meinem Zimmer, in meinem Bett, den Kopf tief ins Kissen gewühlt, die Beine hoch bis an die Brust gezogen, wie ich immer schlafe.

Augen auf. Kurz blinzeln. Nichts, nichts hat sich verändert. Noch immer lächelt von rechts dieser falsche Dr. Heilmann und von links mein Vater, der eigentlich im Eismeer sein sollte.
Wer von beiden sagt:»Ihr hattet einen Unfall. Erinnerst du dich?«
Welcher Unfall?
Wo ist Mama?
Wo ist Sven?
Hinter meiner Stirn ist eine Mauer. Eine dunkle Wand. Sie kippt. Durch meinen Körper geht ein Schmerz, der hart und kalt ist wie eine Eisenstange.
»Mama und Sven sind tot«, höre ich meinen Vater sagen. Er fängt an zu weinen.
Aber meine Augen bleiben trocken. Jemand hat mir Sand hinter die Lider gekippt, in dem die Tränen versickern.

ZWEI

Der Tag ging in die Dämmerung über. Vor dem dunklen Himmel erhob sich der alte Leuchtturm über den Dünen. Die Luft roch nach Meer, Salz und Fisch und die rote Sonne tauchte im Meer unter, als wollte sie ein Vollbad nehmen.
House of the Rising Sun.
Stellas Gitarrenlehrer hatte ihr den alten Song aus der Steinzeit der Musik vorgeklimpert und dabei sehnsüchtig die Augen geschlossen. Wie peinlich! Ein erwachsener Mann. Na ja, jetzt war sie ihn für alle Zeiten los. Wenigstens ein Vorteil, den das neue Leben hatte. Er hatte immer nach Zigaretten gerochen und war absolut dagegen gewesen, *absolut dagegen*, wie er wiederholt hatte, dass sie eine E-Gitarre bekam. Kurz, er war ein Spielverderber.

Ihr Vater bog in eine schmale Zufahrtsstraße ein und nur Minuten später in einen mit Kies bedeckten Hof. Links befand sich ein schlichtes einstöckiges Gebäude, das offenbar erst vor Kurzem neu verputzt worden war. Im Gegensatz zu den anderen Häusern auf der Insel besaß es ein mit grauem Schiefer gedecktes Dach. Dahinter lag ein schmaler Streifen Wiese, auf dem einige alte Obstbäume standen, dann ein Weg und dahinter Felder, die bereits abgeerntet waren.

Das ehemalige Pfarrhaus war das einzige in der Gegend, in dem kein Licht brannte. Lediglich zwei Bauernhöfe lagen in seiner Nähe. In der Ferne leuchteten Lampen wie Irrlichter in der Abenddämmerung.

Ihr Wagen hielt direkt hinter einem nagelneuen schwarzen

Sportcoupé mit getönten Scheiben, die den Blick in sein Inneres verhinderten.

»Wow, wem gehört der denn?«

»Pat.«

»Seit wann besitzt sie so einen Schlitten?«

Anstelle einer Antwort hupte ihr Vater mehrmals.

Die Kapitänsmütze auf dem Kopf, stieg Stella aus, erleichtert, dass sie endlich angekommen waren.

Obwohl seit dem Unfall drei Monate vergangen waren, machte ihr Auto fahren noch immer Angst. Sie hatte dann das Gefühl, in ein großes Dunkel zu fahren. Noch immer war das Letzte, woran sie sich erinnerte, dass sie ins Auto gestiegen war, um mit ihrer Mutter und Sven zu Pat zu fahren, die in der Nähe von Kiel lebte. Nicht weit vom Meer, dessen Geheimnisse größer waren als die des Weltraums, wie ihr Vater immer sagte.

Wie viel Zeit fehlte ihr?

Stunden? Tage?

Ihr Vater stellte sich neben sie: »Hier sind wir also.«

»Ziemlich abgelegene Gegend, oder?«

»Wir wollten ein neues Leben anfangen.«

ER wollte, nicht Stella.

ER versuchte wegzulaufen vor der Vergangenheit.

ER hatte sich freiwillig auf diese Insel gerettet.

ER wollte ein neues Leben beginnen.

Wie denn? Indem er das alte einfach wegwarf, als sei es nie gewesen?

Doch diese Diskussionen hatten sie zu Genüge geführt, daher bemerkte Stella lediglich: »Es kommt mir ein bisschen kitschig vor.«

»Findest du?« Er legte die Hand an die Stirn, als ob die Sonne ihn blendete, und starrte das Haus an, als prüfe er, ob irgendwo KITSCH draufsteht.

»Es sieht aus wie ein englisches Herrenhaus in einem dieser Filme, die Oma immer schaut, wenn sie bügelt.«
»Pat hat sich viel Mühe gegeben. Es ist ein Glück, dass sie das Haus gefunden hat.«
»Aber verlange nicht von mir, dass ich reiten lerne.«
Ihr Vater sah sie verständnislos an, wie so oft. Er nahm seine Brille ab, als ob er so einen besseren Durchblick bekäme: »Wie kommst du denn darauf?«
»Leute, die in solchen Häusern wohnen, reiten immer. Sie tragen schwarze Stiefel, alberne ausgebeulte Hosen und in den dramatischen Szenen fallen sie vom Pferd, ausgerechnet wenn sie schwanger sind.«
Endlich verstand er und grinste. »Ich habe mir nie viel aus Pferden gemacht.«
»Nein, du würdest dich lieber von einem Wal verschlucken lassen.«
»Stimmt, ich wollte schon immer wissen, wie es in seinem Inneren aussieht.« Er schwieg kurz. »Komm, das Gepäck kann ich später holen. Schauen wir uns das Haus an. Pat hat es eingerichtet. Außerdem hat sie eine Überraschung für dich.«
Pat, die eigentlich Patricia Anders hieß, war eine alte Freundin ihrer Mutter. Gewesen. Sie war eine Freundin gewesen.
Doch wer war diese Frau in dem schmalen weißen Rock und den hohen Schuhen, die jetzt in der Haustür erschien und winkte?
Mama?
Nein. Natürlich nicht.
Aber war das Pat? Wirklich Pat?
Stella hatte sie ganz anders in Erinnerung. Hatte sie nicht immer verwaschene Jeans und Männerhemden getragen, blonde kurze Haare gehabt und war ziemlich dick gewesen? Jetzt trug sie die Haare schulterlang und hatte sie dunkel gefärbt.
Noch ein Erwachsener, der sich offenbar vorgenommen hatte,

sein Leben zu verändern und die Vergangenheit hinter sich zu lassen, dachte Stella.

»Pat bleibt noch ein bis zwei Tage«, hörte sie ihren Vater sagen, »bis du dich in der Schule eingelebt hast. Ich muss morgen nach Bremen ins Institut. Wenn ich zurückkomme, fangen wir an mit unserem Leben zu zweit.«

Stella spürte einen Stich in ihrem Herzen. Kaum angekommen, ließ er sie bereits allein. Typisch. So war er eben. Ein Reisender, ein Seefahrer. Offenbar hatte er nicht die Absicht, sich zu ändern. Was konnte das für ein Leben zu zweit werden, wenn einer ein Nestflüchter war?

Als ihr Vater die Enttäuschung in ihrem Gesicht erkannte, erklärte er hastig: »Ich habe noch einiges im Institut zu erledigen. Pat ist ja da.«

Ja, Pat war da und lächelte ihr aufmunternd zu, als ob sie ihr sagen wollte: »Ich weiß, es ist schwer. Auch ich habe eine Freundin verloren, aber ich werde dir helfen, hier auf der Insel neu anzufangen.«

Sie musste nach vorne schauen, ihr Leben wieder in die Hand nehmen, neuen Kurs einschlagen. Der Ansicht war auch ihre Oma. Deswegen hatte sie ihr die Kapitänsmütze ihres Großvaters geschenkt.

Sie ging die Treppe hoch und auf Pat zu, die sie in die Arme nahm. Für einen Moment verharrten sie so. Stellas Herz schlug laut, als sie über Pats Schulter durch die Eingangstür in den Hausflur sah. Ein Gefühl sagte ihr, sie sollte umdrehen. Unwillkürlich zuckte sie zusammen. Doch Pat hielt sie fest, wischte sich kurz über die Augen und sagte dann betont munter: »Das Haus ist wirklich ein Glücksfall. Es hätte deiner Mutter gefallen. Sie wollte immer auf der Insel leben.«

Wieder dieser Stich im Herzen. *Hätte*. Ein Wort, das sie in Zukunft begleiten würde.

Stella machte sich los und Pat schob sie energisch ein Stück vor.
»Komm, ich zeige dir alles.«
»Wie viele Zimmer hat es?«, fragte Stella und trat in den Flur.
»Zehn.«
»So viele?«
»Gefällt es dir nicht?«
»Klar«, antwortete Stella. »Echt toll. Bloß dass wir nur zu zweit sind.«
»Du wirst dich schon einleben. Freust du dich auf die Schule?« Pat hatte keine Kinder, sonst wüsste sie, dass eine neue Schule vergleichbar war mit einem Haifischbecken. Stella konnte sich die Blicke richtig vorstellen. Wenn die anderen erfuhren, was ihr passiert war, würden sie mit Sicherheit tuscheln. Andererseits, keine Panik. Sie fand schnell Freunde. Vermutlich auch in einem Haifischbecken. Schließlich war sie in ihrer alten Schule beliebt gewesen. Hatte zu den Auserwählten gehört. Zu denen, die den Ton angaben. Sie hatte so viele Briefe im Krankenhaus von Freunden und Klassenkameraden erhalten, dass sie nicht alle beantworten konnte. Auch Caro hatte die ersten Wochen jeden Tag geschrieben. Allerdings war seit zwei Monaten kein einziger Brief mehr gekommen. Vermutlich war sie noch immer verliebt. In diesen Michael. Dem Foto nach ein ideales Double für David Beckham.

»Ehrlich gesagt, ein bisschen Panik habe ich schon«, sagte Stella, zog den Haargummi aus dem Pferdeschwanz und schüttelte ihre Haare glatt.

»Ach was, Panik. So ein großes Mädchen wie du.« Pat strich Stella liebevoll eine Strähne aus der Stirn »Ich bin sicher, du wirst hier schnell neue Freunde finden.«

Stella schwieg. Tatsache war, sie war hier auf der Insel eine Fremde. Wie Robinson Crusoe war sie, nachdem sie Schiffbruch erlitten hatte, auf der Insel angeschwemmt worden, und hatte

wie dieser die Absicht, sie so schnell wie möglich wieder zu verlassen. Der Geburtsort ihres Vaters war Bremen. Wie der von Robinson Crusoes Vater. Beide stammten aus einer Familie von Abenteurern und Seefahrern. Stellas Großvater war Kapitän gewesen. Ihr eigener Vater unternahm immer wieder Expeditionen mit der Nordstern, einem deutschen Forschungsschiff.
»Deine Mutter hätte gewollt, dass du tapfer bist«, erklärte Pat, »dass wir alle tapfer sind.«
Hätte. Hätte. Hätte. Ihre Mutter hatte sie verlassen. Sie hatte sie einfach auf der Erde im Stich gelassen und hatte nur Sven mit sich genommen.
Stella griff nach der Kapitänsmütze ihres Großvaters und drehte sie nach hinten. »Na ja«, erklärte sie, »die neue Schule ist bestimmt . . .«, ihr fiel so schnell kein Wort ein, »...ultracool.«
Ihr Vater nickte erleichtert.
Mein Gott, war der leicht zu täuschen. Er hatte keine Ahnung, dass ein Wort wie »ultracool« im wirklichen Leben nicht mehr bedeutete als nett.
Pat ging voraus, den lang gezogenen Flur entlang, der am anderen Ende vor einer braunen Tür endete. Links hing ein großer Spiegel in einem vergoldeten Rahmen. Pat hielt kurz inne und warf einen prüfenden Blick hinein, bevor sie auf ihren hohen Schuhen weiterging. Die Absätze klackten laut auf dem alten Steinboden, der das Haus kalt machte und klamm. Alles war fremd. Nicht nur der Boden oder dieser riesige Spiegel, auch die Bilder und die alte Truhe mit den aufwendigen Schnitzereien.
Ein alter Pastor hatte hier gewohnt. Na super! Das Haus war heilig.
»Was möchtest du zuerst anschauen?« Pat drehte sich zu ihr um.
»Mein Zimmer.«

»Dann komm. Es ist oben.«
Pat ging vor ihr die Treppe hoch. Die alten Holzstufen knarrten unter ihren Schritten. An den weiß gestrichenen Wänden hingen Aquarellbilder von der Insel. Ganz oben der Leuchtturm, dessen Signallampe einem Schiff auf dem sturmgepeitschten Meer den Weg wies.
Ihr Zimmer lag rechts. Eine Art Puppenstube mit schrägen Wänden, Dachbalken und blau-weißer Blümchentapete. Ein unbekannter abgenutzter Teddybär saß auf der gestreiften Bettwäsche mit Spitzenbesatz. Laura Ashley ließ grüßen.
»Komm her, bei schönem Wetter kannst du das Meer sehen!« Pat stand an dem runden Fenster, das in der Giebelwand wie das Bullauge eines Schiffes saß. Stella trat neben sie. Unten grenzte ein weißer, hoher Zaun das Grundstück von einem schmalen, ungepflegten Feldweg ab. Ein alter Walnussbaum wuchs fast in das Zimmer hinein.
»Toll«, erwiderte Stella höflich. Pat meinte es schließlich gut, aber sie wusste genau: Wie Robinson Crusoe würde sie die Tage zählen, indem sie Striche in den alten Holzbalken ritzte, der aus der weißen Decke ragte. Bis sie irgendwann von der Insel befreit wurde.
Dann fiel ihr Blick auf ihre Gitarre. Nein, es war nicht ihr altes Instrument, es war . . . sie konnte es kaum glauben, es war eine E-Gitarre. Sie stand unter der Dachschräge. Sie stieß einen Begeisterungsschrei aus. »Wo habt ihr die denn her?«
»Im Internet gekauft«, antwortete Pat stolz und strich mit ihren rot lackierten Fingern über den braunen Lack des Musikinstrumentes. »Ich finde es so praktisch. Du kannst sie leise stellen und störst niemanden, wenn du übst.«
Stella antwortete nicht. Eine E-Gitarre war nicht dazu da, um Stille zu verbreiten. Es ging vielmehr um den vollen Sound des Lebens. Sie hatte geglaubt, in der Stille auf der Insel automa-

tisch gehörlos zu werden, doch jetzt konnte sie dieses Haus aufschrecken. Falls der letzte Pfarrer noch als Geist auf dem Dachboden lebte, würde er spätestens ausziehen, wenn sie zu üben begann.
»Gefällt sie dir?« Ihr Vater schaute sie fragend an.
Stella nickte. Okay, sie hatte sich zwar eine weiße gewünscht, aber was soll's.
»Danke«, sagte sie.
Er hob verlegen die Hände. »Danke nicht mir, das war allein Pats Idee.«
»Danke«, wandte sie sich an Pat, die ihren Vater zufrieden anlächelte.
Stella nahm die Gitarre in die Hand und setzte sich auf ihr neues Bett. Gewohnheitsmäßig begann sie die ersten Akkorde anzuschlagen. Sie wollte das Lied für das Schulkonzert spielen, das an ihrer alten Schule im September hatte stattfinden sollen und das nun ohne sie ablaufen würde. Doch die Griffe fielen ihr nicht mehr ein. Ihr Kopf war leer. Da war es wieder, das große Loch, in das ihre Gedanken fielen und verschwanden wie ein Albtraum, an den man sich am nächsten Morgen nicht mehr erinnert, weil man ihn einfach nur vergessen will.
»Ich kann mich an nichts erinnern«, flüsterte sie.
Alle schwiegen. Die Stille hing im Raum. Sie breitete sich aus wie eine schwarze Flüssigkeit. Als hätte Stella ein Gefäß umgestoßen, aus dem jetzt die Trauer floss.
Retrograde Amnesie.
Die Ärzte hatten es ihr ausführlich erklärt.
Gedächtnisverlust für den Zeitraum vor Eintreten des Unfalls. Im Gedächtnis gespeicherte Bilder oder Zusammenhänge können nicht in das Bewusstsein geholt werden.
Das klang wie ein Computerfehler in ihrem Gehirn. Irgendein Virus auf der Festplatte, der ganze Tage in den Zwischenspei-

cher kopierte. Sie musste einfach Geduld haben, so Dr. Heilmann, der eigentlich Mayer hieß. Irgendwann tauchten sie wieder auf, die Erinnerungen. Wie Inseln im Ozean der Gedanken.
Pat hob energisch Stellas Koffer aufs Bett, öffnete ihn und begann auszupacken. Offenbar wollte sie ihr damit zu verstehen geben, es sei besser, etwas zu tun, als zu grübeln. In ihrer Hand hielt sie nun das blaue Notizbuch, das Dr. Mayer Stella zum Abschied geschenkt hatte. »Dein Logbuch«, hatte er erklärt, »wenn du aufbrichst zu der Reise zurück. Und wenn sie auftauchen, die Gedächtnisinseln, kannst du sie hier festhalten.«
Er hatte eindeutig eine poetische Ader, der gute Herr Mayer, und viel mit ihrem alten Gitarrenlehrer gemeinsam.

Stella.
So leise wie Vogelgezwitscher.
Stella. Stella.

Stella nahm Pat das Buch aus der Hand. »Ich mache das schon.«
Bloß nicht heulen, Kapitän, dachte sie.
Da spürte sie etwas Weiches an ihrer Wange. Es bewegte sich. Ihre Hand griff danach. Ein klägliches Maunzen. Erst leise, dann immer lauter. Sie schaute zur Seite, und als sie sah, was ihr Vater in den Händen trug, freute sie sich zum zweiten Mal an diesem Tag. Tränen traten ihr in die Augen.
Eine Katze. Eine kleine schwarze Katze mit einem weißen Fleck ums rechte Auge. Als ob sie ein Monokel trug und unheimlich klug war.
Mein Gott, seit Jahren hatte sie sich eine gewünscht.
Erst war die Stadtwohnung zu klein gewesen, dann die Schwangerschaft ihrer Mutter und natürlich Sven. Die Katze versuchte sich aus den ungeschickten Händen ihres Vaters zu befreien.

Sie miaute erbärmlich, den verzweifelten Blick auf Stella gerichtet.

»Vielleicht«, meinte Stella an ihren Vater gewandt, »verstehst du ja etwas von Bakterien im Packeis, aber lass bitte die Katze in Ruhe.«

Sie nahm ihm das schwarze Fellknäuel ab und hob es in die Luft.

»Freitag«, stellte sie schließlich zufrieden fest. »Genau! Das ist gut! Das gefällt mir!«

Den verständnislosen Blick ihres Vaters ignorierte sie. Zärtlich strich Stella der Katze mit der Hand über das schwarze Fell, aus dem ihr das weiß umrandete Auge entgegenblinzelte. Sie legte den Kopf zur Seite, schaute das Tier noch einmal prüfend an und nickte schließlich: »Freitag. Sie soll Freitag heißen.«

DREI

Wie immer derselbe Traum. Keine wirkliche Erinnerung, sondern Bilder, die ihre Fantasie nach Lust und Laune in der Nacht zusammengepuzzelt hatte.
Stella saß auf dem Rücksitz des kleinen Wagens ihrer Mutter. Sie raste durch einen Wald. Es gab keinen Weg, nur Bäume. Es war geradezu unmöglich durchzukommen. Jede Minute, jede Sekunde würden sie gegen einen der Stämme knallen mit einer Geschwindigkeit, die das Auto in der Mitte spalten würde.
Und das Schlimmste! Sie war angeschallt, aber der Gurt wand sich um ihre Kehle, zog sich fester und fester. Dabei musste sie doch nach vorne. Sie musste das Auto aus dem Dickicht lenken. Niemand außer ihr konnte das tun. Und dann die Erkenntnis: Die beiden Plätze vor ihr waren leer und das Lenkrad fehlte.
Regen drang durch das Autoblech. Sie spürte ihn auf ihrem Gesicht und schlug die Augen auf.
Wo war sie?
Was war das für ein Zimmer?
Stellas Herz schlug heftig. Sie war schweißgebadet, als sie sich aufrichtete.
Ach ja, auf der Insel gestrandet.
Puh, was für ein scheußlicher Traum! Geradezu abartig widerwärtig. Einfach Horror! Stella war Freitag dankbar, dass er sie abgeleckt und aus dem Schlaf gerissen hatte. Auch wenn der Wecker erst sechs Uhr früh zeigte.
Durch das Bullauge sah Stella dichten Nebel. Er lag über der Insel, als sei diese noch nicht richtig wach. Genau wie sie selbst.

Vom Nussbaum war lediglich ein Schatten zu erkennen. Graue Finger, die sich nach ihr ausstreckten. Positiv denken, dachte sie, immer positiv denken. Sie wollen dich begrüßen. Ein Baum ist ein Freund. Das stand in jedem Kinderbuch.

»Na«, sagte sie zu der Katze, die vor dem Bett saß und sie aufmerksam beobachtete, »wirst du mich jetzt jeden Morgen wecken?«

Ihre Frage verstand Freitag als Aufforderung, erneut aufs Bett zu springen. »Lass sie nur nicht ins Bett, sonst gewöhnt sie sich daran«, hatte Pat sie am Vorabend gewarnt. Doch Stella hatte gar nicht hingehört. Warum auch? Freitag sollte sich schließlich daran gewöhnen. Es war schön, nicht alleine zu sein in der Nacht, wenn die Träume kamen.

Freitag begann zu schnurren, als ihre Hand seinen Nacken kraulte.

»Die Katze ist kein Kater, du musst ihr einen weiblichen Namen geben«, hatte Pat gesagt.

Namen waren wie die Augenfarbe. Nicht zu ändern.

»Ich muss aufstehen«, gähnte Stella »aber du kannst liegen bleiben. Weißt du, wie gut du es hast?«

Freitag antwortete nicht, sondern krümmte den Rücken, um sich in der Bettdecke eine Mulde zurechtzutreten. Vorsichtig zog Stella die Beine an, schob die Decke ein Stück zurück und stand auf.

»Du musst nicht in die Schule gehen.«

Freitag erstarrte für einen Moment.

»Das ist nicht fair. Du hast es wirklich gut. Sag, kannst du mir nicht auch beibringen, Mäuse zu fangen? Ich könnte Nacht für Nacht mit dir auf Streifzug gehen. Würde dir das gefallen?«

Freitag fuhr sich ein paar Mal rasch mit den Pfoten durchs Gesicht und legte sich tatsächlich zum Schlafen.

»Das ist nicht nett von dir, es dir gemütlich zu machen, wäh-

rend ich ins Haifischbecken muss. Wenn du jetzt schläfst, dann tausche ich dich gegen einen Hund. Der wäre dankbar. Dankbar«, wiederholte Stella und schlüpfte in die Hausschuhe, »mich an meinem ersten Tag zu begleiten. Es wäre ihm eine Ehre. Aber du? Dich kümmert es einen Scheiß, wie es mir geht, oder?«
Freitag hob den Kopf und lauschte.
»Wirst du an mich denken heute Vormittag?« Stella legte ihren Kopf auf den Katzenkörper und roch die Wärme und das bedingungslose Vertrauen in das Leben.
Sie war eine durchschnittliche Schülerin. Vielleicht sogar etwas besser und bisher gerne zur Schule gegangen. Warum fürchtete sie sich jetzt? Vielleicht war es wirklich so, wie Pat gestern voller Zuversicht gesagt hatte. Sie würde sich schnell eingewöhnen und neue Freunde finden. Auch ihr Vater hatte zugestimmt: »In deinem Alter ist man neugierig und der Ort, wo diese Neugierde befriedigt werden kann, ist die Schule.«
»Das glaubst du ja wohl selbst nicht«, hatte Stella widersprochen, »ich weiß zufällig, dass du ein ganz miserabler Schüler warst.«
»Woher hast du das denn?«
Mama hat es mir erzählt, hatte ihr schon auf der Zunge gelegen . . . Sie hatte es nicht ausgesprochen, sondern gesagt: »Ich weiß es von Oma.«
»Die eigene Mutter fällt mir in den Rücken«, hatte er Pat erklärt, die – das Weinglas an den Lippen – herzlich in sein Lachen eingestimmt hatte. Stella aber hatte ein komisches Gefühl gehabt, weil sie plötzlich gewusst hatte, dass sie »Mutter« nicht einfach aus dem Wortschatz löschen konnte, nur weil die eigene tot war.
Sie zog die älteste Jeans über, die sie besaß. Dazu ein dunkelblaues T-Shirt. Die Haare zu einem Pferdeschwanz binden. Nur

nicht auffallen. Das stand in ihrem Logbuch auf der ersten Seite.

»Ich finde, du solltest dich nicht so hängen lassen«, erklärte sie Freitag, der aufsprang, als hätte er verstanden, sich streckte, vom Bett hüpfte und um ihre Beine strich. In diesem Moment wusste Stella sicher, dass sie Freitag nie eintauschen würde. Gegen keinen Hund der Welt und gegen niemanden sonst.

»Ich weiß ja, du willst dein Frühstück. Es geht dir nicht wirklich um mich, aber ich verzeihe dir.«

Der Frühstückstisch war reichlich gedeckt. Pat hatte sich Mühe gegeben. Sogar Blumen hatte sie im Garten geschnitten.

»Gut geschlafen?«

»Hm«, murmelte Stella.

»Hast du geträumt?« Pat beobachtete sie besorgt.

»Nein.«

Dennoch verfolgte Pat sie weiter mit diesem kummervoll prüfenden Blick, als würde sie ihr nicht glauben. Hatte sie nachts wie in der Zeit nach dem Unfall laut geschrien und Pat, deren Zimmer genau gegenüberlag, hatte sie gehört?

Sie beschloss, Pats Blick zu ignorieren, und sah zu, wie diese das Brot dick mit Butter bestrich. »Was möchtest du, Schatz, Marmelade oder Käse?«

Offenbar wusste sie nicht, dass Stella morgens keinen Bissen zu sich nahm, nur Tee trank. »Hab keinen Hunger.«

»Du musst frühstücken.« Das Messer fuhr in die Marmelade.

Stella wollte nicht diskutieren. Nicht morgens um sieben. »Ist Johannes schon weg?«

Seit dem Unfall brachte sie das Wort Papa nicht mehr über ihre Lippen, sondern nannte ihren Vater immer beim Vornamen.

»Er musste früh los, um die erste Fähre zu erwischen. Er hat heute einen wichtigen Termin im Institut.«

»Ja, ja, alles, was er tut, ist wahnsinnig wichtig. Ich verstehe nicht, wie das Vorkommen von Plankton interessanter sein kann als mein erster Schultag.«
»Er räumt heute seinen Schreibtisch im Institut. Es fällt ihm sicher nicht leicht. Er gibt das alles auf, damit er sich um dich kümmern kann. Seine wissenschaftliche Karriere, die Reisen mit der Nordstern. Weißt du, was das bedeutet, an so einem Projekt mitzuarbeiten? Mit diesem Forschungsschiff zur Antarktischen Halbinsel unterwegs zu sein?«
»Was hat er denn aufgegeben?«, protestierte Stella. »Packeis, Plankton, Bakterien. Echt spannend.«
Pat schwieg einen Moment und sagte dann: »Du musst das verstehen, Stella, auch für ihn ist es nicht einfach. Schließlich arbeitet er seit fast zwanzig Jahren für das Institut. Dieser Job war sein Traum. Und du bist ja schließlich nicht allein, oder?« Sie bemühte sich um einen aufmunternden Ton. »Ich bin ja auch noch da. Ich bringe dich zur Schule.«
»Ich kann doch auch mit dem Fahrrad fahren!«
Nach dem Traum war Stella nicht nach Autofahren zumute. Außerdem war es verdammt peinlich, in ihrem Alter zur Schule gebracht zu werden. Als wäre sie ein Baby. Mama hätte das verstanden.
Mama.
Hätte.
»Ich hasse Auto fahren!«
Pat schaute sie lange an. »Du musst vergessen«, sagte sie schließlich. »Vergessen.«
»Mit dem Vergessen«, antwortete Stella trotzig, »habe ich ja, wie wir wissen, kein Problem, sondern damit, mich zu erinnern.« Sie konnte nicht verhindern, dass sie laut wurde, dass ihr die Tränen in die Augen schossen. »Da ist nun mal Nirwana in meinem Kopf. Alle erzählen, dass meine Mutter mit hundert Sa-

chen in einen Baum gerast ist. Auf offener Strecke. Aber ich kann es nicht glauben«, sie schlug sich mit der Hand an die Stirn, »weil hier nichts ist, verstehst du? Vielleicht träume ich nur. Was, wenn diese ganze Scheiße einfach nur ein verdammter Albtraum ist? Was, wenn ihr mich alle anlügt?«
Pat erstarrte. Schließlich schluckte sie schwer, wandte sich ab und Stella hatte das Gefühl, dass sie ihr etwas verschwieg. Warum? Vor was wollte Pat sie schützen?

VIER

Pat hielt vor dem Pausenhof der Inselschule, die direkt neben der Kirche und dem *Dorfkrug* lag, der Dorfschenke, deren reetgedecktes Dach bis auf die Straße reichte. Auf dem Hof herrschte nicht die hektische Betriebsamkeit, die Stella von ihrer alten Schule in Bremen gewohnt war. Hier standen nur vereinzelt Gruppen von Schülern herum und unterhielten sich. Sie wandte den Blick von einigen Mädchen ab, die sich beim Wiedersehen nach den langen Sommerferien in die Arme fielen. Stella fühlte sich, wie wenn der Lehrer sagte, sucht euch einen Partner, und man fand keinen. »Es hängt von dir ab, ob du Freunde findest«, hörte sie Pat neben sich sagen.
Seufzend stieg Stella aus. Es ging nichts über die aufmunternden Lebensweisheiten von Erwachsenen.
Pats neues Cabriolet fiel auf und sie trug diese riesige Sonnenbrille mit rosa Gläsern. Echt, sie hatte sich völlig verändert. Oder täuschte sich Stella? Hatte Pat schon immer so ausgesehen? War sie schon so dünn gewesen, als sie mit ihrer Mutter und Sven bei ihr Urlaub gemacht hatten? Vor dem Unfall? Hatte sie einfach vergessen, wie Pat aussah?
Die Welt hatte sich schneller gedreht, als sie mitbekommen hatte. Daher dieses Gefühl, nicht fest mit beiden Beinen auf der Erde zu stehen, sondern über einem Abgrund zu schweben.
Pat lehnte sich aus dem Fenster: »Du schaffst das schon. Streng dich deinem Vater zuliebe an. Er hat genug Sorgen.«
Was war mit ihr, Stella? Hatte sie etwa keine Sorgen?
»Klar«, meinte Stella möglichst cool, damit Pat endlich von der Bildfläche verschwand und sie sich in Luft auflösen konnte.

Die Freundin ihrer Mutter nickte ihr noch einmal aufmunternd zu und verschwand, während Stella sich auf ihre Strategie konzentrierte: Nicht auffallen! Sie hob kaum den Kopf, als sie den Pausenhof überquerte. Waren dort nicht bereits die ersten neugierigen Blicke?
Jedenfalls hatte Pat keine Ahnung. Am ersten Schultag an einer neuen Schule blieb man besser unsichtbar. Man musste eine Tarnkappe tragen, die man nur abnahm, wenn der Lehrer einen ansprach. Ansonsten ließ man sie auf, damit man nicht bemerkt wurde. Das waren die Gruppenregeln. Unumstößlich wie mathematische Gesetze.
Langsam ging sie auf das Schultor zu.
Geh ganz normal. Schau niemandem in die Augen. Da vorne ist der Eingang. Durch den musst du gehen.
Den Blick starr nach vorne gerichtet, tat Stella so, als sei es das Normalste von der Welt, auf einer Insel in der Nordsee gestrandet zu sein mit nichts am Leib außer einer Jeans von H&M und einem stinknormalen T-Shirt von C&A. Ich komme niemandem in die Quere, drückte ihre Haltung aus. Sie hätte es auch fast geschafft, unbemerkt ins Schulgebäude zu gelangen, als jemand in ihrem Rücken sagte: »Du bist die Neue, oder? Ihr seid in das alte Pfarrhaus gezogen, das seit Jahren leer steht, und du hast das Gedächtnis verloren. Das muss ein irres Gefühl sein.«
Stella drehte sich um.
Vor ihr stand ein dünnes Mädchen, das mindestens einen Kopf größer war als sie. Die halblangen Haare, die ihr in das blasse Gesicht hingen, waren rabenschwarz, als sei sie für die Nacht getarnt, und bildeten einen krassen Gegensatz zu den rot geschminkten Lippen. Der dunkle Mantel, in dessen tiefen Taschen sie die Fäuste vergraben hatte, hing ihr bis zu den Knöcheln. Die Füße steckten in Stiefeln mit Metallschnallen. Um ihren Hals trug sie eine lange silberne Kette, an deren Ende ein

Kreuz verkehrt herum hing. Die Hand, die sich Stella entgegenstreckte, steckte in einem schwarzen Spitzenhandschuh, der bis hoch zum Ellbogen reichte. »Ich heiße Antje, aber ich möchte Mary genannt werden wie Mary Shelley.«

Sie sah aus wie Freitag, der sich in einen Menschen verwandelt hatte, um ihr das letzte Geleit zu geben.

Stella runzelte die Stirn. Sie hatte keinen blassen Schimmer, wer Mary Shelley war. Eine Sängerin? Ein unbekannter Star aus der Szene, in der sich diese Antje offenbar bewegte?

»Macht nichts, wenn du nicht weißt, wer Mary Shelley war. Die hat Frankenstein erfunden«, sagte das Mädchen, als hätte sie ihre Gedanken gelesen.

Wer war Frankenstein? Irgendein hässliches Monster, oder?

Antje sprach weiter: »Ich hatte auch keine Ahnung, bis ich diesen Film gesehen hab. Erst ab sechzehn, aber echt cool.«

Stella war froh, wenn ihr ihre Eltern erlaubten, einen Film ab zwölf zu schauen. Ihre Mutter war in diesen Dingen streng . . . streng gewesen.

»Komm mit«, sagte Antje, die Mary genannt werden wollte. »Ich zeige dir die Schule.«

Vielleicht, dachte Stella und folgte dem Mädchen in Richtung Schulgebäude, war alles noch viel schlimmer, als sie gedacht hatte. Sie konnte nur hoffen, dass nicht alle Eingeborenen auf dieser Insel so waren wie Antje.

Als sie durch das Eingangsportal trat, hatte Stella das Gefühl, ins Mittelalter zurückzukehren. Das Schulgebäude musste uralt sein. Durch die niedrigen Türstöcke passte man als Kind des einundzwanzigsten Jahrhunderts gerade so noch durch. Doch wäre dies das Mittelalter, so wäre Antje vermutlich als Hexe verbrannt worden. Oder Nonne geworden, um in der Klosterzelle auf göttliche Visionen zu warten. Sie selbst hätte nach dem Tod ihrer Mutter ins Waisenhaus gemusst, weil ihr Vater, der Seefahrer, wieder hinaus aufs Meer fuhr.

Antje schlappte neben ihr in den schwarzen Stiefeln die Treppe hoch. Bei jedem Schritt rasselten die Schnallen leise. Ihre Schultern waren nach vorne gebeugt und die Haare hingen ihr ins Gesicht. Als ob sie Komparse in einem Gruselfilm wäre.

Einige Jungen aus den unteren Klassen rannten vorbei und stießen Antje in die Seite.

»Hey, Miss Frankenstein, was 'n los. Mach Platz! Bist du noch nicht richtig wach? Sargdeckel nicht aufbekommen, oder was?« Sie brachen in grölendes Gelächter aus.

Antje reagierte nicht und Stella dachte, es wäre nicht das Schlechteste, an ihrer Seite zu bleiben, sozusagen in ihrem Schatten. Denn offenbar zog das Mädchen die Aufmerksamkeit auf sich. Das hieß, keiner würde sie, Stella, beachten. Doch als sie sich kurz umdrehte, sah sie hinter sich drei Mädchen in Jeans und drei gleichen weißen T-Shirts, auf denen stand: *I love Robbie Williams*. Neugierig starrten sie Stella an, steckten die Köpfe zusammen und tuschelten. Mit Sicherheit hatten sie in ihrem Kopf eine Kamera. Ihre Augen waren das Objektiv, durch das sie Bilder von ihr schossen wie Paparazzi und in der Pause würden sie die Aufnahmen vergleichen.

Was scherte sie sich eigentlich darum? Sollten sie gaffen. Dennoch fragte sie Antje: »Was sind das denn für Zicken?«

Diese warf der Gruppe einen verächtlichen Blick zu: »Lara, Mona und natürlich Vanessa. Das ist die Neonblonde in der Mitte. Die mit dem Lippenstift.« Stella fühlte sich plötzlich beklommen. Leichte Panik kam in ihr hoch, während Antje weitersprach. »Als ob Robbie Williams rosa Lippen knutschen würde. Die anderen beiden sind nur ihre billige Kopie. Machen ihr alles nach, können sich aber Originalmarken nicht leisten und tragen daher nur Fakes.«

Sie ging schnell weiter. Unwillkürlich passte Stella sich ihrem schlurfenden Gang an, während sie ihr in den ersten Stock folgte. Vor Aufregung bekam sie kaum Luft. Woher kam plötzlich diese Angst?

»Alles hat hier seine heilige Ordnung«, erklärte Antje mit ihrer dunklen, kratzigen Stimme. »Erdgeschoss Unterstufe, erster Stock Mittelstufe, Oberstufe ganz oben. Als ob man sich verirren könnte. In welche Klasse kommst du?«

»8 B.«

»Dann bist du bei mir. Dachte ich mir schon. Ich bin wie eine Katze. Habe den siebten Sinn.«

Stella dachte an Freitag. Der siebte Sinn ihrer Katze beschränkte sich auf die Futtersuche. »Die Lehrer sind ganz in Ordnung. Lehrer eben. Du weißt, was ich meine. Sie machen ihren Job und lassen einen weitgehend in Ruhe. Bis auf die Claasen. Genannt die Schneeeule wegen der Brille und der weißen Haare. Die gibt Englisch. Unser Klassenleiter in diesem Jahr ist der Dudichum. Musik. Er leitet die Schulband.«

»Dudichum? Ist das wirklich sein Name?«

»Ja.« Es war das erste Mal, dass Stella ein Lächeln auf Antjes Lippen sah. »Spielst du ein Instrument?«

»E-Gitarre.«

Für einen Moment blieb Antje stehen und schaute sie kurz an: »Da hast du den Musikantenbonus und keine Probleme.«

Sie blieb vor einer Klassentür stehen. »Hier sind wir. Kannst dich neben mich setzen.«

Erleichtert nickte Stella. Das nächste Problem war gelöst. Sie musste sich keinen Platz suchen.

Wieder kicherten die drei Mädchen hinter ihrem Rücken, nur war diesmal nicht sie gemeint.

»Beachte die nicht«, murmelte Antje »Die sind so was von . . .« Dann brach sie ab. Ihr Blick fiel auf eine Gruppe von Jungs, die

die Treppe hochkamen. Sie sahen aus wie eine gecastete Inselboygroup in einem Videoclip. Drei von ihnen trugen die blonden Haare mit viel Gel nach oben. Die Jeans hingen an ihren Hüften und rutschten noch tiefer, weil sie die Hände in den Taschen vergraben hatten. Lange T-Shirts reichten fast bis zu den Knien. Nur der vierte hatte dunkelbraune, fast schwarze Haare, die sich über den Ohren lockten. Er hatte eine Gitarre um die Schultern hängen und war der einzige, der nach allen Seiten grüßte. Alle Blicke folgten ihm, doch er schien es gar nicht wahrzunehmen.

»Das sind Pepe, Tom, Mikey und . . . Robin. Robin Falk«, flüsterte Antje. »Robin ist der Gitarrist in der Schulband.« Wenn Stella nicht alles täuschte, sah sie Sehnsucht in Antjes Blick aufleuchten. Vielleicht lag es aber auch an den schwarzen Wimpern und dem dicken Lidstrich.

»Die machen wirklich coole Musik. Übrigens wohnen die vier im Rosenhof.«

»Im Rosenhof?«, fragte Stella.

»Das Internat.«

»Warum sind die dort?«

»Weil die Eltern sie los sein wollen. Pepe zum Beispiel, das ist der im Basketballtrikot, seine Mutter ist Schauspielerin und immer unterwegs. Die kennst du bestimmt. Robin Falk ist hier, weil er was an der Lunge hat. Wegen dem Klima, verstehst du. Sein Vater ist bei der Polizei. Auf dem Festland.«

So wie sie Festland sagte, klang es wie ein anderer Planet und Stella wurde wieder bewusst, dass etliche Kilometer Meer zwischen der Insel und ihrer alten Schule lagen.

»War das deine Mutter in dem Sportwagen?«, fragte Antje.

»Nein.« Stella schüttelte energisch den Kopf.

»Ach ja, stimmt. Die ist bei dem Unfall gestorben, oder?«

Stella nickte.

»Und da hat dein Vater schon wieder eine neue Freundin?«
»Spinnst du? Das war Pat. Die beste Freundin meiner . . .«, sie brach ab.
»Totalkontrolle, was? Denken, du wirst nicht damit fertig. Komm, setzen wir uns nach ganz hinten. Ich will nicht, dass mir jemand mit seinen Augen Löcher in den Rücken brennt.« Antje knallte ihre Schultasche auf den Tisch in der letzten Reihe. »Vor allem nicht die Robbie-Williams-Gang.«
Sie war nicht gerade leise, doch die drei Mädchen hörten sie nicht, weil sie jetzt die Boygroup lautstark begrüßten. Bis auf Robin, der sich in die erste Reihe direkt neben das Fenster setzte, verbeugten sich die Jungs und riefen: »Na, habt ihr uns vermisst?«
»Wie kommt ihr denn darauf? Wir hatten einen tollen Sommer ohne euch. Jede Menge cooler Typen am Strand.« Mona, Vanessa und . . . wie hieß die Dritte noch mal, gackerten los, als ob sie einen Preis im Wettkichern gewinnen wollten.
Augenblicklich brachen die Jungs in dieses Lachen aus, das heutzutage das Auf-die-Brust-Trommeln junger Eingeborener ersetzte: »Was denn, habt ihr mit ihnen Sandburgen gebaut?«
»Nee, wir haben mit ihnen . . .« Vanessa beugte sich zu ihren Freundinnen, um ihnen etwas zuzuflüstern. Das Kichern, das darauf folgte, war so laut, dass Stella Angst hatte, die Scheiben könnten aus den Rahmen springen. Sie hörte sie schon knacken. Der Wunsch nach einer Tarnkappe, ursprünglich aus der Angst vor dem Unbekannten geboren, war jetzt zur verzweifelten Hoffnung auf Rettung geworden. Nicht, weil sie diese Art von Dialogen nicht gewohnt war, sondern, weil ihr klar wurde, dass sie nicht dazugehörte, ach, und eigentlich auch nicht dazugehören wollte. Wenn schon Insel, dann wie Robinson Crusoe. Einsam. Nur ein Beil und Freitag, mit dem Stella auf Mäusejagd ging.

FÜNF

Der Lehrer, der den Klassenraum betrat, hatte Ähnlichkeit mit den knorrigen Ästen des alten Walnussbaums vor Stellas Fenster und die Falten an seiner Stirn sahen aus wie Jahresringe. Die Glatze – als hätte ein Termiteneinfall stattgefunden – sprang geradezu ins Auge, was daran lag, dass er die übrig gebliebenen Haare bis zu den Schultern trug.
»Guten Morgen«, rief er, »ich möchte euch zum neuen Schuljahr recht herzlich begrüßen.«
Bei dem Lärmpegel sollte er aufgeben, sich Gehör zu verschaffen. Zudem war seine Stimme für einen Mann eindeutig zu hoch. Vermutlich sang er die Sopranstimme im Kirchenchor.
»Bitte, bitte! Setzt euch Kinder.«
Langsam bewegten sich die Schüler zu ihren Plätzen. Bis alle saßen, vergingen mehr als zehn Minuten. Herr Dudichum versuchte, zur Eile anzutreiben, doch er erreichte lediglich das Gegenteil. Die einzigen, die ruhig auf ihren Stühlen saßen, waren Antje, Stella und . . . Robin. Er starrte aus dem Fenster. Hatte er auch Sehnsucht nach dem Festland? Wollte er wie sie die Insel so schnell wie möglich verlassen? Er war hierher strafversetzt worden, weil die karge Landschaft, die Stille, das Seeklima Heilung bringen sollten. Raus aus der Stadt, rein in die Natur, die das Schweigen bedeutet. Doch davon hatte sie, Stella, die Nase voll, vom Schweigen in ihrem Kopf.
»Kein Stress«, hatte Dr. Mayer gesagt. »Stella braucht Ruhe, damit ihr Gedächtnis wiederkommt.«
Ihr Vater war natürlich voll darauf angesprungen. Und auch Pat

schien, das für eine gute Idee zu halten. »Weißt du«, hatte sie gesagt »ihr müsst ganz von vorne anfangen. Die Insel ist genau das Richtige. Der totale Neuanfang.«
Verdammt noch mal, Stella wollte nicht von vorne anfangen, sondern weitermachen wie bisher. Sie war mit ihrem Leben in Bremen zufrieden gewesen. Ihr Blick fiel auf Robins Hände. Seine Finger schlugen auf die Tischplatte und mit geübtem Blick erkannte sie, dass er Gitarrengriffe übte: Cis, Fis, Gis.
»Stella Norden?«
Stella begriff erst, dass sie gemeint war, als Antje ihr den Ellbogen in die Seite rammte. Erschrocken erhob sie sich, wobei sie ihre Schultasche vom Tisch fegte. Der Inhalt verteilte sich auf dem Boden. Die Klasse brach in Lachen aus. Nervös versuchte sie, Stifte und Hefte zurück in die Tasche zu schieben.
»Du bist also die Neue«, sagte Herr Dudichum.
Stella richtete sich auf und nickte.
»Mit Sicherheit wirst du dich bald eingelebt haben und schnell Freunde finden.«
Wieder nickte sie. Was auch sonst? Erwachsene versuchten immer, Optimismus zu verbreiten, als bekämen sie dafür Geld.
»Du wirst alles vergessen. Wir werden dir dabei helfen.«
Verdammt, sie nickte ja schon wieder. Dabei wollte sie nichts davon hören.
»Wie ich höre, liebst du Musik.«
Er sollte aufhören. Alle starrten sie an. Die Tarnkappe, wo war sie?
»Und die Musik hat heilende Wirkung«, fuhr er fort.
Jetzt verstand sie, warum niemand auf ihn achtete. Unwillkürlich bückte sie sich wieder, fuhr fort, ihre Stifte in die Schultasche zu räumen, und gab ihm damit deutlich zu verstehen, dass er mit dem Schleimen aufhören konnte.
»Welches Instrument spielst du?«

»E-Gitarre«, murmelte sie auf dem Boden kriechend.
»Ah, ein Fall für die Schulband. Wir proben immer mittwochs um siebzehn Uhr in der Aula. Schau ruhig vorbei.«
Sie nickte und war froh, dass Antje begann, mit den Fäusten auf den Tisch zu trommeln, sodass sich Dudichum ihr zuwandte.
»Ja, Antje. Ich hoffe, auch du hattest einen schönen Sommer. Ich hoffe, ihr hattet alle einen schönen Sommer. Uns allen wünsche ich ein erfolgreiches, neues Schuljahr und . . .«
Blablabla.
Als er zur Tafel ging, verdrehte Antje die Augen. Angewidert fuhr ihr Mittelfinger in den Mund, als ob sie kotzen müsste. In diesem Moment beschloss Stella, dass Antje ab sofort für sie Mary Shelley sein würde, wenn sie das unbedingt wollte.

Der Unterricht dauerte nur drei Stunden und nahm den üblichen Verlauf: Bekanntgabe der Lehrer, des Stundenplans, dann allgemeine Aufregung bei der Bücherausgabe und der Wandertag am zweiten Schultag wurde besprochen.
Antje, nein Mary, saß die ganze Zeit in ihrem langen dunklen Mantel gelangweilt neben Stella. Ihre Fingernägel glänzten wie schwarze Tinte und sie zeichnete schwarze Mangas auf ihr Mäppchen, den Tisch und die Bücher. Dabei hatte Herr Dudichum zuvor noch mit einer Stimme, die wie ein Martinshorn klang, gewarnt, die Bücher zu beschädigen.
»Mein Gott, kann er uns die Infos nicht einfach mit der Post schicken?«, flüsterte Mary Stella zu, als Herr Dudichum auch noch begann, die Hausordnung vorzulesen. »Wäre doch viel einfacher, dann könnten wir am ersten Tag zu Hause bleiben und etwas Sinnvolles machen.«
Sie stieß einen lauten Seufzer aus.
Als endlich die Klingel ertönte, ein tiefes, kreischendes Geräusch, das wie eine Säge in den hohen Singsang des Klassen-

lehrers schnitt, sprangen alle auf und rannten hinaus. Lediglich Robin und Mary hatten es nicht eilig. Stella wartete geduldig auf Mary, die plötzlich ewig brauchte, um die Bücher, die sie gerade noch bemalt hatte, ordentlich in ihrer Tasche zu verstauen. Sie beeilte sich erst, als Robin die Gitarre um seine Schultern hängte und auf die Tür zuging. Schnell packte Mary ihre Tasche und folgte ihm. Als er sich plötzlich umdrehte, prallten die beiden zusammen. Mary lief rot an. Offenbar raubte ihr allein schon sein Anblick die Sprache. Ein Wunder, dass sie überhaupt eine Art Satz zustande brachte: »Schöne Ferien gehabt?«

»Ging so«, antwortete er, die Hände in den Hosentaschen. »Und was ging hier so ab?«

»Weißt ja«, Marys Blick hob sich kaum, sondern verharrte auf ihrer rechten Fußspitze, die gegen den Türrahmen trat, »Inselsommer eben. Genauso viele Quallen wie Touristen.«

Er nickte.

»Ich habe einen Chatroom eingerichtet und ihn nach dem englischen Dichter Byron benannt. Der war mit Mary Shelley befreundet«, fuhr Mary verlegen fort. »Wenn du willst, kannst du Mitglied werden . . . Du auch, Stella.«

»Mal sehen.« Robin wandte sich Stella zu. Seine kristallblauen Augen musterten sie.

»Was ist dein Lieblingssong?«

»Mein eigener«, antwortete sie, obwohl sie keinen besaß, doch es klang cool und war in keinem Fall die falsche Antwort.

»Wie heißt er?«

»*I don't forget you.*« Die Antwort kam, bevor Stella es sich richtig überlegt hatte.

Er schob die Gitarre über der Schulter zurecht. »Spiel ihn mir doch gleich mal vor«, meinte er.

Stella schüttelte den Kopf: »Geht mit dem Steinzeitding nicht.

Klingt nur richtig auf der E-Gitarre. Habe ich extra dafür geschrieben.«
»Dann auf den Proben.« Er blieb stehen, hielt die Tür auf, bevor er ihnen den Flur entlang folgte.
Stella hörte Mary laut atmen vor Anspannung, ihre eiskalte Hand griff nach Stellas. Robin überholte sie, wobei die Gitarre an seine Hüften schlug. Mit Sicherheit hatte er dort blaue Flecken im Überfluss. Mary blieb abrupt stehen und starrte ihm nach. »Er hat mit mir gesprochen«, sagte sie, ein Lächeln auf den Lippen.
Stella hätte ihr gerne erklärt, dass sie sich irrte. Robin hatte nicht mit Mary gesprochen, er war lediglich höflich gewesen. Hatte ihnen sogar die Türe aufgehalten. Das war völlig uncool. Machte er auf Robin Hood? Oder war das ein neuer Trend, den sie im Krankenhaus verpasst hatte? Hatte sie vergessen, dass Jungs Mädchen die Türen aufhielten? Oder war sie in einem falschen Jahrhundert aufgewacht? So musste sich ihre Oma fühlen, wenn diese jammerte, dass sie die Welt nicht mehr verstand. Aber das hier war ja auch nicht die Welt. Es war eine Insel mitten in der Nordsee.
»Du wirst abgeholt.« Mary deutete auf die Straße, wo Pat vor ihrem Sportwagen wartete. Sie trug einen geblümten Rock in Blautönen, wie auch ihre Mutter einen besessen hatte.
»Bleibt sie lange?«, fragte Mary.
»Glaub nicht.«
»Und dein Vater?«
»Er arbeitet im Institut für Meeresforschung. Du weißt schon, am anderen Ende der Insel.«
»Totaler Rückzug, was? Nach dem Tod deiner Mutter. Dein Bruder ist auch tot, oder?«
Stella antwortete nicht. Noch immer begann ihr Herz heftig zu schlagen, wenn jemand sie auf den Unfall ansprach. Wie Alarm-

glocken. Dazu dieses dumpfe Pochen in ihrem Kopf, wo sie die Erinnerungen gefangen hielt, die darauf warteten, dass sie sie zuließ. So hatte es Dr. Mayer erklärt. Woher wusste Mary, dass sie das Gedächtnis verloren hatte? Waren sie etwa Gesprächsthema im Dorf? Die Schlagzeile?

»Pat wartet«, sagte sie »ich muss los.«

»Bis morgen«, rief Mary ihr nach. »Ich freu mich, dass du auf die Insel gekommen bist. Du musst mir erzählen, wie das ist, wenn man sich nicht erinnert. Es gibt nämlich jemanden, den ich vergessen muss.«

Mit hängenden Schultern stand Mary da und sah verlorener aus, als Stella sich fühlte. Was, fragte sie sich, konnte diese schon erlebt haben, das so schlimm war, dass sie es vergessen wollte?

Doch sie hatte keine Zeit zu fragen, denn Pat hupte jetzt und winkte ihr zu.

»Wer war das denn?«, fragte sie neugierig, als Stella sich auf den Beifahrersitz fallen ließ. »Hast du etwa schon eine neue Freundin gefunden?«

»Das war Mary. Na ja, eigentlich heißt sie ja Antje Willemsen. Aber sie will Mary Shelley genannt werden. Ich glaube, sie fährt voll auf die schwarze Szene ab und sie interessiert sich für irgendeinen englischen Dichter namens Byron. Hat sogar einen Chatroom nach ihm benannt. Lord Byron, kennst du den?«

»Nie gehört«, antwortete Pat, schob sich die Sonnenbrille über die Augen und fuhr mit quietschenden Reifen an der Robbie-Williams-Gang vorbei, die ihnen neugierig hinterherstarrte.

SECHS

In der Küche stank es nach Fisch. Seit dem Unfall wurde Stella seltsamerweise schlecht von dem Geruch. Dabei war sie ein Kind des Meeres. Ihr Vater war Meeresbiologe. Sie hatte quasi schon in der Wiege Fisch gegessen. Warum nun dieses Gefühl von Ekel? Ihr Vater hatte offenbar vergessen, Pat darüber zu informieren. Und Stella war zu höflich, um es ihr zu sagen. Pat hatte nämlich immer noch diesen traurigen, sorgenvollen Ausdruck im Gesicht, wenn sie Stella ansah, diesen Ausdruck, den sie nicht deuten konnte. Früher war Pat einfach nur die Freundin ihrer Mutter gewesen, die alle paar Monate ins Haus schneite, Geschenke mitbrachte. Das war's. Jetzt aber war Pat eine Verbindung zu ihrem früheren Leben. Sie hatte keine Kinder, sie war Single und, wie ihre Mutter immer gesagt hatte, vermutlich einsam. Wie Stella. Einsamkeit, das war dasselbe wie Krebs. Nur in der Seele.
»Morgen ist Wandertag«, begann sie zu erzählen, um das drückende Schweigen zu brechen.
»Wohin geht ihr denn?«
»Wir wollen zum alten Leuchtturm laufen.«
Pat drehte sich zum Kühlschrank und öffnete ihn, um eine Flasche Wasser herauszunehmen: »Zum alten Leuchtturm?«, sagte sie. »Oje. Das wäre nichts für mich. Ich habe Höhenangst, du nicht?«
»Doch!« Stella starrte den Fisch auf ihrem Teller an. Er sah irgendwie krank aus, blau vor Kälte, und schwamm in einer blassen Soße.

»Dann haben wir ja etwas gemeinsam. Pass aber auf, wenn du hochgehst, du sollst dich noch nicht so anstrengen.«

»Ja, ja, ich pass schon auf. Muss ich den wirklich essen?«, fragte Stella.

»Ich habe mir solche Mühe gegeben. Aber wenn es dir nicht schmeckt . . .« Pat griff traurig nach dem Teller.

»Nein, nein, schon gut.« Stella spießte mit der Gabel ein Stück Fisch auf, schob es sich in den Mund und schluckte es, ohne zu kauen, hinunter.

Was war das eigentlich für ein Geschirr? Sie kannte diese Teller nicht. Wo waren die Sachen ihrer Mutter hingekommen? Ihre Mutter hatte ein Rosenservice besessen, das sie in London gekauft hatte.

»Wo ist unser Rosenservice?«

»Hattet ihr ein Rosenservice? Wusste ich gar nicht.«

Sie musste es wissen. Sie war oft zu Besuch gewesen. Ihre Mutter hatte es geliebt. Oder nicht? War ihre Erinnerung falsch?

»Doch.«

»Keine Ahnung, wo das hingekommen ist.« Pat drehte sich zum Spülbecken und ließ Wasser ein. »Vermutlich in irgendeiner Kiste auf dem Dachboden.«

»Sind unsere Sachen auf dem Dachboden?«

»Welche Sachen?«

»Na, das Geschirr, die Bilder und was ist mit unseren Büchern?«

»Dieses Geschirr war im Kaufpreis inbegriffen, wie die Möbel. Ich finde, das blaue Friesenmuster passt gut zum Haus, oder?«

»Hm«, antwortete Stella.

»Es ist schön hier und ruhig. Ihr werdet euch wohlfühlen und ich werde euch besuchen, sooft ich kann.«

Pat, die als Übersetzerin arbeitete, konnte sich die Zeit frei einteilen. Sie hatte zusammen mit ihrer Mutter am Fremdspra-

cheninstitut studiert. Nur war ihre Mutter Dolmetscherin geworden, während sich Pat auf die Übersetzung von Fachtexten spezialisiert hatte. Stellas Vater ließ seine wissenschaftlichen Aufsätze von Pat übersetzen.
»Wo ist Freitag?«, fragte Stella plötzlich unruhig. Sie hatte die Katze noch nicht gesehen, seit sie von der Schule nach Hause gekommen war.
»Im Garten, glaube ich.«
»Was?« Stella sprang auf »Sie ist noch zu jung, um nach draußen zu gehen. Was, wenn sie sich verläuft? Oder einer großen Katze begegnet?«
»Wird schon nichts passieren«, versuchte Pat sie zu beruhigen.
Natürlich konnte etwas passieren. Jederzeit. Immerzu.

Nach langem Suchen fand Stella Freitag draußen im Garten, wo er tapsig versuchte, einen leuchtenden Zitronenfalter zu fangen. Ungeschickt hob er seine Tatzen, doch der Schmetterling war jedes Mal schneller.
»Du musst noch üben«, sagte Stella und nahm ihn hoch. Die Katze stupste mit ihrem Kopf gegen ihre Stirn, und als Stella sie fester an sich drückte, begann sie zu schnurren.
Zurück im Flur traf sie Pat, die sich im Spiegel musterte und die Lippen nachzog. »Möchtest du mit mir ins Dorf? Ich muss einkaufen.«
»Nein, ich bin müde.« Wirklich fühlte sich Stella seltsam schlapp, was vielleicht von der leichten Übelkeit kam, die sich in ihrem Körper breitmachte.
War Pat jetzt enttäuscht? Aber Stella hatte absolut keine Lust, durch ein Dorf zu laufen, das lediglich aus zehn Häusern bestand.
»Okay, dann fahre ich allein. Ich will noch einen Großeinkauf machen. Ich kann euch schließlich nicht ohne Vorräte hier zu-

rücklassen. Du weißt ja, dass dein Vater in diesen Dingen nicht gerade zuverlässig ist.«
Dann war das, dachte Stella, mit Sicherheit heute für lange Zeit der letzte Fisch. Sie rieb sich die Augen und prompt fragte Pat besorgt: »Hast du Kopfschmerzen?«
Stella schüttelte den Kopf. Warum dachten eigentlich alle, dass ein Gedächtnis, das man verloren hatte, Schmerzen bereitete? Es machte Angst. Es war bedrohlich, doch es tat nicht weh.
»Leg dich hin. Du weißt, was die Ärzte gesagt haben. Du musst dich noch schonen. Dann vielleicht . . .« Sie brach ab. Niemand wagte, Stellas Gedächtnisverlust anzusprechen. Die seltsame Mary Shelley war seit ihrem letzten Arztbesuch vor drei Wochen die Erste gewesen, die das Thema überhaupt erwähnt hatte.
»Wer hat eigentlich vorher hier gewohnt?«, fragte sie schnell.
»Wo?«
»In diesem Haus?«
Es dauerte einige Minuten, bis Pat antwortete. »Du weißt doch, ein Pastor.«
»Was ist mit ihm? Ist er weggezogen?«
»Nein . . . Er ist gestorben.«

Pat hatte Stellas Zimmer aufgeräumt. Sie versuchte nur zu helfen, aber ihr Ordnungssinn konnte einem auf die Nerven gehen. Ihretwegen konnte sie das Bett machen. Stella hasste es jedoch, wenn Pat ihre Kleider, die sie auf den Boden geworfen hatte, wegräumte. Unwillkürlich fiel ihr Blick zur Tür, doch kein Schlüssel steckte.
Sie setzte sich auf das Bett. Das Zimmer hatte keine Ähnlichkeit mit ihrem alten. Keine Poster an den Wänden, keine Bonbonpapiere, keine Staubfusel auf dem Boden, keine herumliegende Haarbürste, keine Schulbücher, keine Zettel. Nur Freitag, der

sich auf das Bett verkrümelte, um dort sofort die Augen zu schließen.

Unter *Robinson Crusoe* auf dem Nachttisch lag ihr Tagebuch. Sie nahm es in die Hand. Leere Seiten. Der Unfall war drei Monate her, aber die versprochenen Erinnerungen hatten sich noch nicht eingestellt. Alles Lügen. Diese Sprüche von wegen »Kommt wieder. Ist nur blockiert.« Vielleicht würden ihr diese Tage für immer fehlen. Sie wusste nur noch, dass sie zu Pat gefahren waren. Der Rest war ausgelöscht.

Sie nahm einen Stift und schrieb auf die erste Seite:

I don't forget you.

Fast hätte sie es wieder durchgestrichen, überlegte es sich jedoch anders und schob das Buch unter die Matratze ihres Bettes. Anschließend steckte sie den Stecker in die Steckdose und nahm die Gitarre in die Hand. Die ersten Akkorde klangen furchtbar. Freitag schreckte auf. Er war offenbar kein Liebhaber moderner Musik. Er riss die Augen auf und beobachtete ihre Finger, die auf die Saiten schlugen. Die Gitarre dröhnte wie ein Rasenmäher. Erst nach und nach klang es nach einer Melodie.

»Das ist meine Musik«, sagte Stella zu ihm. »Daran musst du dich gewöhnen, wenn du hier wohnen willst.«

Sie schlug den nächsten Akkord an. Freitag schloss ein Auge.

I don't forget you.

Ihr Lied bestand aus einer einzigen Zeile. Sie konnte nur hoffen, dass Robin den Song, den sie angeblich geschrieben hatte, vergaß.

»Ich gehe!«, hörte sie Pat von unten rufen und gleich darauf fiel die Haustür ins Schloss.

Stella sprang auf, ging zum Fenster, von wo aus sie zusah, wie Pat den Einkaufskorb in ihr Auto stellte und einstieg. Sie trug hohe Absätze, mit denen sie im Kies versank.

Stella legte sich zu Freitag aufs Bett und begann, ihn zu streicheln. Bis auf sein Schnurren war es totenstill. Sie war so müde. Arme und Beine so schwer. Alles, hatte Dr. Mayer erklärt, konnte ihre Erinnerung zurückbringen. Worte, Musik, Gerüche, Bilder . . . Bilder. Sie schreckte hoch bei diesem Gedanken. Erst jetzt wurde Stella schlagartig bewusst, dass im ganzen Haus kein Bild hing. Weder von ihrer Mutter noch von Sven.

SIEBEN

Die Holztreppe, die hoch zum Dachboden führte, knarrte.
Je höher sie kam, desto staubiger wurde es. Bis hierher hatte Pats Renovierungseifer nicht gereicht.
Wenn Stella Pat richtig verstanden hatte, dann standen dort oben die Kisten mit Dingen aus ihrem ersten Leben.
Eine Tür versperrte den Weg zum Dachboden. Sie drückte die Klinke nach unten. Abgeschlossen. Sie versuchte, den Schlüssel umzudrehen. Er ließ sich nicht bewegen. Oder klemmte die Tür lediglich? Sie warf sich dagegen. Nichts rührte sich. Beim nächsten Versuch zog sie die alte Tür ein Stück zu sich heran, bevor sie den Schlüssel drehte. Quietschend sprang der Schlüssel um und die Tür mit lautem Knall auf.
Stella starrte in einen dunklen Raum. Es war kaum etwas zu sehen. Die Luft roch modrig und feucht. Kein Laut war zu hören, alles war still, als hätte sie mit dem Betreten des alten Dachbodens auch die Zeit verlassen und sei in eine andere übergewechselt. Eine Gänsehaut jagte ihr über den Rücken. Sie versuchte, sich im Halbdunkel zu orientieren. Langsam setzte sie einen Fuß vor den anderen. Als sie an einen Gegenstand stieß und nach Halt suchte, rieselte Staub von den Dachbalken herab. Ekelhaft! Vielleicht war es doch keine gute Idee. Dachböden waren etwas für Gruselromane. Vielleicht hatte Pat recht und der Vormittag war heute genug Aufregung für sie gewesen. Sie sollte sich hinlegen. Hinlegen. Verdammt, sie war wochenlang im Krankenhaus gelegen. Sie hatte vom Liegen die Nase voll.
I don't forget you.

Even only my heart can hear your voice.
Ich vergesse euch nicht, auch wenn nur mein Herz eure Stimme hört.
Na gut, jetzt hatte sie wenigstens den zweiten Satz ihres Songs.
I don't forget you.
Even only my heart can hear your voice.
Sie flüsterte leise den Text vor sich hin, während sie sich weiter an Kisten, Regalen, Bildern und alten Blumentöpfen entlangtastete, auf einen schwachen Lichtkegel zu, der durch ein rundes Fenster fiel. Langsam gewöhnten sich ihre Augen an das Halbdunkel. Das Fenster war von einem Vorhang verdeckt. Sie schob ihn zurück. Staub flimmerte im Licht. Die Sonnenstrahlen trafen auf ein großes Gemälde in einem schweren Goldrahmen. Ein Schauer überlief sie. Der Mann, den es zeigte, sah streng aus. Seine Augen starrten sie an. Unwillkürlich trat sie einen Schritt zur Seite, doch sein Blick ließ sie nicht los. War er das gewesen? Der Pastor? Sie drehte sich um und spürte noch immer seine Blicke in ihrem Rücken.
Auf dem Dachboden standen unzählige Kisten, auf denen zentimeterdick der Staub lag. Offenbar hatte niemand den Besitz des Pastors weggeräumt. Sie hatten das Haus mit seiner Vergangenheit gekauft. Aber wo standen die Kisten, in denen ihre Erinnerungen waren? In einem der alten Schränke? Sie zog eine Tür auf. Sie hing lose in den rostigen Scharnieren, sodass sie ihr fast entgegenfiel, als sie aufsprang. Doch der Schrank war leer.
Rechts von ihr hing ein Mantel über einer Wäscheleine. Ein schwarzer Mantel mit Kapuze. Der würde Mary ganz sicher gefallen. Schließlich gehörte das Haus jetzt ihnen und damit alles, was auf dem Dachboden war. Das nächste Mal würde sie Mary mitnehmen. Sie schob den Mantel zur Seite. Dahinter standen noch mehr Kartons, die alle mit einer dicken Staubschicht be-

deckt waren – bis auf einen. Ihre Hand strich über den Deckel. Nur wenig Staub blieb an ihren Fingern kleben. Plötzlich überfiel Stella unbändige Sehnsucht danach, eine Erinnerung an ihre Mutter zu finden. Etwas in den Händen zu halten. Irgendetwas – ein Foto, wenigstens ein einziges, einen Ring, ein Tuch, das nach ihr roch.
Sie ließ sich neben der Kiste auf den Boden nieder. Als sie diese behutsam öffnete, stieg ein modriger Geruch in die Luft.
Bücher.
Nichts als Bücher. Grau vom Staub. Sie nahm eines heraus und öffnete es. Ein altes Gebetbuch für Kinder. Diese Kiste hatte offenbar auch dem Pastor gehört. War das sein Name, der vorne im Buchdeckel stand? Jonathan Anderson? Sie legte das Buch zur Seite und nahm das nächste heraus. Eine Bibel für Kinder. Ein Name in einer krakeligen Kinderschrift auf dem Deckblatt *Claus Anderson*. Auch im nächsten Buch derselbe Name. Diesmal *Marco Polo. Die Reise nach Peking.*
Seltsam – jemand war erst vor Kurzem hier oben gewesen und hatte die Kiste geöffnet. Warum? Und wer?
Da entdeckte Stella, eingeklemmt zwischen den Bücherstapeln, einen hölzernen Rahmen. Ein alter Bilderrahmen. Neugierig zog Stella ihn hervor. Doch als sie ihn umdrehte, war er leer. Jemand hatte das Foto, das er einmal aufbewahrt hatte, entfernt – und zwar vor noch nicht allzu langer Zeit. Es waren noch Fingerabdrücke auf dem Glas zu sehen.
Stella schloss den Deckel der Kiste wieder und schaute sich weiter um. Wo waren die Sachen aus ihrem früheren Leben? Sie konnten doch nicht einfach verschwunden sein? Standen sie noch bei ihrer Großmutter? Ihr Vater hatte dort einige Kisten untergestellt, als sie bei ihr gewohnt hatten. Plötzlich spürte sie, wie schmerzlich sie sich nach einem Bild ihrer Mutter sehnte.

I don't forget you.
Even only my heart can hear your voice.
Sie würde ihre Großmutter anrufen und danach fragen. Schließlich konnten sich die Sachen ja nicht in Luft aufgelöst haben.
Sie trat zurück ans Fenster. Wie das Bullauge in ihrem Zimmer zeigte es Richtung Meer. In der Ferne war der Leuchtturm zu erkennen. Das Meer war nicht zu sehen. Als sie den Vorhang zuzog, legte sich erneut Dämmerung über den Raum. Ihre Augen hatten sich inzwischen an die Dunkelheit gewöhnt. Sicheren Schritts fand sie den Weg zurück zur Tür. Ihr Kopf schmerzte. Etwas stach hinter ihren Augen. Nein, es stach nicht, es war ein kleiner Hammer, der an ihre Stirn klopfte. Sie war zu müde, um zu versuchen, ihre Erinnerungen heraufzubeschwören. Plötzlich bewegte sich etwas zu ihren Füßen. Sie stolperte und konnte sich gerade noch an einem der alten Schränke festhalten, dessen Holz laut knarrte. Was war das? Zusätzlich zu dem Hämmern in ihrem Kopf schoss wieder die Angst in ihr hoch. Das Gefühl, in einer fremden Welt gelandet zu sein, in der sie sich nicht zurechtfand. Unwillkürlich trat sie zu und traf auf etwas Weiches, Lebendiges. Sie hörte einen leisen Schrei, dann ein Fauchen, bis Freitags Jammern in ein klägliches Miauen überging.
»Freitag«, rief Stella. »Warum hast du nicht gesagt, dass du es bist?«
In einer Welt, in der die Dinge außer Kontrolle gerieten, war es nicht unmöglich, dass Katzen ihre Sprache verstanden.
Sie beugte sich hinunter und nahm das Tier auf den Arm.
»Ich dachte, du schläfst?«
Als Antwort miaute Freitag.
»Gehen wir hinunter«, sagte Stella. »Das ist ein blöder, alter Dachboden, der fremden Leuten gehört.«
Als sie gerade auf der Treppe war, klingelte unten im Flur das Telefon.

Freitag auf dem Arm, rannte sie los. Die Katze sprang hinunter, als sie das Gespräch entgegennahm.

»Bei Norden.«

Keine Antwort.

»Hallo?«

Alles blieb still.

Stella wollte gerade die Verbindung unterbrechen, als sie es hörte. Jemand atmete laut. Ein schleifendes Geräusch, wie wenn man die Handflächen aneinanderrieb.

»Hallo?«

Keine Antwort.

»Ist da jemand?«

Stille!

Offenbar hatte sich der Anrufer verwählt. Sie legte das Telefon zurück und fing Freitag ein, der mit dem Riemen von Pats Handtasche spielte. »Komm, machen wir es uns gemütlich.«

Draußen knirschte der Kies unter Autoreifen. Ohne zu wissen warum, rannte Stella schnell hoch in ihr Zimmer. Mit einem Blick aus dem Fenster überzeugte sie sich davon, dass es tatsächlich Pat war, die zurückkam. Schnell schlüpfte sie unter die Bettdecke. Vor Schreck sprang Freitag aus ihrem Arm auf den Boden. Sie zog die Decke bis hoch unter das Kinn und vergrub ihr Gesicht im Kissen. Fragend schaute Freitag sie vom Fußboden aus an.

»Komm!«

Pat schloss die Haustür auf.

»Komm«, flüsterte sie der Katze zu, »komm zu mir.«

Freitag zögerte.

Kurzerhand zog Stella Freitag nach oben und schob ihn unter die Bettdecke. Gemeinsam atmeten sie im Takt.

Als sie hörte, dass Pat die Treppe hochkam, schloss Stella die Augen und flüsterte: »Tu so, als ob du schläfst.« Wie auf Kommando schmiegte sich Freitag dicht an ihren Körper und begann zu schnurren.

»Psst«, flüsterte Stella. »Wenn sie dich entdeckt, nimmt sie dich mit.«

Leise öffnete sich die Tür. Stella hielt den Atem an. Fast hätte sie Freitag den Mund zugehalten, allerdings schätzte die Katze die Gefahr richtig ein. Nicht ein Laut war zu hören. Nur ihr Schwanz schlug aufgeregt gegen Stellas Hand.

Als sich die Tür wieder leise schloss, entspannte sich Stella. Sie war so müde. Begleitet von Freitags Schnurren, nickte sie über der Frage ein, warum sie sich vor Pat versteckt hatte. Sie war eine Freundin der Familie. Sie konnte ihr vertrauen, oder nicht? Doch da war dieses Gefühl, dass Pat ihr etwas verschwieg. Etwas, von dem sie offenbar nicht wollte, dass Stella es erfuhr. Betraf es den Unfall? Plötzlich fühlte sie sich einsam. So musste sich Robinson Crusoe auch gefühlt haben. Vollkommen allein auf der Welt. Mit dem Unfall waren nicht nur ihre Beine gebrochen, sondern noch etwas anderes. Ihr Vertrauen und die Sicherheit, dass das Leben ihr das Beste gab, was es zu bieten hatte.

Doch wie hatte ihre Mutter immer in den Momenten gesagt, in denen sie ihr böse war und Vorträge hielt: »Das Leben ist nun mal kein Supermarkt mit Billigangeboten. Man muss für alles kämpfen.«

»Mit diesem Spruch kannst du dich bei der Kirche bewerben«, hatte Stella geantwortet.

I don't forget you.
Even only my heart can hear your voice,
Please return, when I am calling you.
I am calling you now.

Schlief sie? Träumte sie? Stella sah die Sonne untergehen. Sie fiel einfach vom Himmel wie ein Ball.

Windräder drehen sich langsam und gleichmäßig.
Wir sind auf dem Weg zu Pat.
Der Himmel ist rot wie Mamas Lippenstift.
Im Seitenfenster flattert ein Tuch hektisch im Fahrtwind.
»Mann, es zieht«, rufe ich genervt.
Die Hand meiner Mutter greift nach rechts zum Kindersitz. Sie streicht Sven liebevoll die nassen Haare aus der Stirn, nicht ohne dazu dieses Sven-Gesicht zu machen, mit dem sie jederzeit in Hollywood auftreten könnte. Ich höre richtig die Geigen im Hintergrund, obwohl der Lastzug, den wir überholen, in meinen Ohren dröhnt.
Unwillkürlich seufze ich. Der Blick meiner Mutter fällt wie auf Kommando in den Rückspiegel.
Ja, antwortet mein Blick, ich weiß, dass ich aus der Nummer raus bin, in der man mir so über den Kopf streicht.
»Gib schon her«, meint sie ebenfalls leicht genervt.
Es gibt Momente, in denen wir uns blind verstehen, doch dann wieder möchte ich sie am liebsten am Straßenrand aussetzen mit diesem Schreihals neben ihr und davonfahren.
Ich reiche ihr die CD nach vorne. Seit wir von zu Hause weggefahren sind, jammere ich, weil ich keine Musik hören darf. Wegen Sven natürlich. Der bestimmt kein Auge zumacht, bis er etwas zu essen bekommt. Ich kenne ihn schließlich schon seit einem halben Jahr, als er – wie mein Vater zu sagen pflegt – aus dem Krankenhaus frisch verpackt geliefert wurde. Mein Gott, der gute, alte Daddy denkt tatsächlich, ich sei fünf und könnte noch über seine Scherze lachen. Er hat verpasst, dass ich schon vierzehn bin. Ihm entgeht eine Menge. Als Meeresbiologe kennt er sich besser mit Fadenwürmern und Krebsen aus als mit seinen eigenen Kindern.
»Lauter«, rufe ich und summe den Refrain mit. Meine Mutter ebenfalls, ja, sogar Sven wird ruhiger.
Wusste ich es doch.
Music is the key.

Plötzlich liebe ich Sven, denn er scheint musikalisch zu sein im Gegensatz zu meiner Mutter, die sich, was ihren Musikgeschmack betrifft, auf dem Stand von Neandertalern befindet. It's my life. *Das ist ihr Lieblingssong. Von so einem Typen, der Jon Bon Jovi heißt, was wie eine Bonbonsorte klingt.*
»Du singst falsch«, stöhne ich.
Zur Strafe fragt sie: »Hast du das Mozartstück auf der Gitarre geübt, bevor wir gefahren sind? Das Konzert ist in einer Woche.«
»Klar.« Zur Bekräftigung nicke ich, obwohl es nicht stimmt. Mozarts Adagio auf der Gitarre. Funktioniert nicht, meiner Meinung nach. Aber wie immer: Mich fragt ja keiner. Nein, geübt habe ich nicht, sondern stattdessen mit Caro telefoniert. Die ist schon wieder verliebt. Doch ich soll meine Mutter nicht aufregen. Sie hat schließlich, so meine Großmutter am Telefon, eine Geburt hinter sich. Im Alter von zweiundvierzig ist das kein Zuckerschlecken. Ihre Nerven, sagt sie, du musst ihre Nerven schonen. So ein Kleinkind, das kostet Kraft. Sie bräuchte jetzt einen Mann, der zu Hause ist, der ihr hilft, sagt meine Großmutter.
Ich weiß genau, wenn ich jetzt von Caro erzähle, will meine Mutter alles ganz genau wissen. Sie würde mit Sicherheit fragen, ob ich auch verliebt bin. Wie kann ein Mensch nur so neugierig sein.
Ich singe lauter.
Meine Mutter lässt das Steuer kurz los und zieht den Gummi am Pferdeschwanz nach oben. Eine schwarze Strähne hängt ihr ins Gesicht und bewegt sich leicht, wenn sie mit dem Kopf im Rhythmus der Musik wippt. Ihre Schultern zucken. Ihr Oberkörper geht hoch und runter. Ehrlich gesagt, sieht sie aus wie Svens Wackelfrosch, der noch in der Hand zu hüpfen beginnt, wenn man ihn aufzieht.
»Oh Gott«, stöhne ich laut.
»Was ist los?«, fragt sie.
»Du singst nicht nur falsch, du bewegst dich auch absolut daneben.«
»Wie, daneben?«

»*Na ja, altmodisch eben.*«
Sie wirft mir einen strengen Blick zu. Falten ziehen sich über ihre Stirn wie Gedankenstriche.
»*Gib's auf*«, *sage ich.* »*Egal, wie oft du dieses Lied hörst. Du wirst nicht mehr jung.*« *Ich beginne zu kichern.* »*Deine beste Zeit ist vorbei wie die von Jon Bon Jovi. Jetzt ist die Jugend an der Reihe.*«
»*Nein, nein, nein, ich gebe nicht so schnell auf. Zeig es mir.*« *Ich beginne, mich auf der Rückbank im Rhythmus der Musik zu bewegen, übertreibe dabei maßlos. Sie beobachtet mich durch den Rückspiegel.*
»*Ehrlich gesagt, sieht das aus, als ob du einen Anfall hast.*«
»*Von wegen Anfall, das nennt man Tanzen.*«
Meine Mutter schaut zu Sven hinüber, dem trotz Hunger die Augen zufallen. Er schielt vor Müdigkeit. Augenblicklich macht sie die Musik leiser. Ich hasse ihn.
»*Mann*«, *protestiere ich.*
»*Sei froh, dass er schläft*«, *zischt sie.* »*Du solltest auch die Augen zumachen. Wir brauchen noch ein paar Stunden, bis wir bei Pat sind.*« *Sie streicht sich die Strähne aus dem Gesicht.* »*Freust du dich auf Pat?*«
Wer will in meinem Alter schon Urlaub mit einem Baby und zwei vierzigjährigen Frauen machen, die sich bei meinem Anblick regelmäßig an ihre eigene Jugend erinnern und in Kichern ausbrechen.
Ich nicke.
»*Ich auch*«, *strahlt sie glücklich.*
Windräder, Windräder, Windräder.
Die Langeweile brennt sich in mein Gehirn.
Irgendwo hinter dem Horizont liegt das Meer.

ACHT

Als Stella am nächsten Morgen aus dem Haus trat, hing ein Grauschleier über dem Himmel. Ein kräftiger Wind schob Wolkenberge ineinander. Nur wie ein Schatten war die Sonne dahinter zu erkennen. Unvorstellbar, dass diese blasse Scheibe ein riesiger Feuerball sein soll.
Pat, die hinter ihr aus dem Haus kam, blieb kurz stehen und blickte ebenfalls zum Himmel hoch.
»Das sieht wieder einmal nach Regen aus.«
Dann ging sie die Stufen hinab. Die hohen Absätze der weißen Sandaletten klackten auf dem Stein. Stellas Mutter hatte ähnliche Schuhe getragen. Auf dem Kies blieb sie stehen. »Ich kann dich zur Schule mitnehmen«, bot sie Stella an.
»Musst du nicht!«
»Aber es regnet gleich«, wandte sich Pat an Stellas Vater, der jetzt im Türrahmen erschien, einen riesigen roten Koffer mit dem passenden Beautycase unter dem Arm. Wie immer wirkte er umständlich und ungeschickt, wenn es um praktische Dinge ging. »Er denkt«, hatte ihre Mutter immer gesagt, wenn er diesen Gesichtsausdruck hatte. Irgendwie abwesend, als trüge er eine Tauchermaske auf dem Kopf, als bewege er sich unter Wasser, irgendwo in der Tiefsee, so verlangsamt wirkten seine Bewegungen.
»Ist Fahrrad fahren nicht zu anstrengend für das Kind?« Pat sah besorgt in Stellas Gesicht.
»Welches Kind?«, fragte Stella. Manchmal hatte sie das Gefühl,

dass Pat ihre Fürsorge übertrieb. Dennoch der Gedanke, dass diese fuhr und sie hier zurückließ, machte sie traurig.

»Möchtest du nicht vielleicht doch lieber mit Pat . . .?«, wandte Johannes sich an seine Tochter.

»NEIN!« Zur Bekräftigung machte Stella einen Schritt auf ihr Fahrrad zu. So selten wie möglich in ein Auto steigen! Und schon gar nicht zur Schule gebracht werden wie eine Erstklässlerin! Dass das niemand kapierte!

Mama hätte es verstanden!

Pat zuckte bedauernd mit den Schultern, drehte sich um und ging, Johannes im Schlepptau, zum Sportwagen. Sie öffnete den Kofferraum, um ihr Gepäck zu verstauen. Unschlüssig blieb sie stehen. »Meint ihr, dass ihr klarkommt? Ich kann auch noch bleiben, Johannes. Stella braucht viel Ruhe. Du musst gut auf sie achtgeben. Sie muss sich erst in der neuen Schule eingewöhnen.«

»Nein, nein, du musst dein eigenes Leben führen. Wir können dir das nicht länger zumuten«, antwortete Stellas Vater.

»Das wäre kein Problem. Ich bin es Kerstin schließlich schuldig. Sie war meine beste Freundin.«

Es war das erste Mal, dass jemand den Vornamen von Stellas Mutter mit *war* verband. Pat dachte sich offenbar nichts dabei. Allem Anschein nach hatte sie es bereits akzeptiert, wogegen es Stella die Luft abschnürte.

Ihr Vater schüttelte entschieden den Kopf: »Wir sind es . . . ihnen schuldig, dass wir versuchen unser Leben zu leben. Dabei kannst du uns nicht helfen.« Er bemühte sich um ein Lächeln. »Wir kommen schon klar, oder Captain?« Er legte den Arm um Stellas Schultern.

»Klar, Bootsmann«, lachte Stella. Sie lehnte sich an ihn.

Zögernd trat Pat näher an Stellas Vater heran, legte ihre Hand auf seine Brust und küsste ihn auf beide Wangen.

»Du weißt, Johannes, dass du mich jederzeit anrufen kannst, wenn ihr mich braucht.« Einige Sekunden blieb auch sie an ihn gelehnt stehen.
»Wir kommen schon klar«, sagte Stella laut und versuchte dabei, tapfer zu klingen.
»Sie hat recht«, stimmte ihr Vater zu.
»Einen schönen Wandertag!«, sagte Pat an Stella gewandt. »Aber pass auf, mein Schatz, dass du nicht vom Leuchtturm fällst.« Sie drückte ihr einen Kuss auf die Stirn.
Stella hasste Abschiede. Immer hatten sie etwas an sich, dass einem die Tränen kamen. Ganz automatisch. Daher rannte sie schnell zu ihrem Fahrrad und stieg auf. Als sie sich noch einmal umdrehte, sah sie Freitag um die Füße ihres Vaters schleichen.
»Pass auf, dass er nicht wegläuft«, rief sie. »Dazu ist er noch zu klein.«
Er nickte und Stella fühlte sich ein bisschen sicherer im Leben. Wenn er auf die Katze aufpasste, dann auch auf sie. Sie war schließlich alles, was er noch hatte.

Der zweite Tag auf der Insel. Stella kämpfte auf ihrem Fahrrad gegen den Wind an, der hier offenbar nie verschwand. Sie hatte absolut keine Lust auf diese Wandertage, die Jahr für Jahr stattfanden, um Schüler zu quälen.
Die Wolken, die vom Meer kamen, trieben jetzt schneller über den Himmel, als sie in die Pedale treten konnte. Ab und zu war durch eine Lücke der blaue Himmel zu sehen. Die Sonne gewann an Kraft. Sie war nicht länger nur eine blasse Scheibe. Leise summte Stella die Melodie zu ihrem Song vor sich hin, die sie am Abend zuvor auf der E-Gitarre erfunden hatte. Freitag hatte auf dem Bett gelegen, ihr zugehört und erschrocken die Augen aufgerissen, wenn Stella die falschen Töne getroffen hatte. Freitag hatte einen ausgesprochenen Sinn für Musik. Oder zu-

mindest ein feines Gehör. Schließlich konnte er Mäuse meterweit hören, warum nicht einen falschen Ton von einem richtigen unterscheiden.
Aber es war eine Tatsache, dass die Katze weder Pop noch Hip-Hop mochte. Auch bei Punk, Rap und vor allem bei Hardrock war sie aufgesprungen und hatte die Krallen ausgefahren. Die einzige Melodie, bei der sie die Augen schloss und seelenruhig vor sich hin schlummerte, war die melancholische Balladenmelodie, bei der Stella schließlich geblieben war. Freitag war ein Fan leiser Töne.
Schon von Weitem sah sie, dass sich die einzelnen Klassen bereits auf dem Schulhof für den Wandertag sammelten. Es herrschte hektische Betriebsamkeit. Stella parkte das Rad am Fahrradständer, schloss ab und hielt nach einem bekannten Gesicht aus ihrer neuen Klasse Ausschau. Sie entdeckte Mary sofort, die auch nicht zu übersehen war. Sie stand abseits, ihr langer Mantel reichte fast bis auf den Boden und die hohen Stiefel sahen zu groß aus. Statt eines Rucksacks hing eine alte Armeetasche über ihren Schultern, verziert mit einer Unmenge von Patches, Stickern und Totenkopfpins. Außerdem hatte Mary sie mit zahlreichen Mangas bemalt. Zeichnen konnte sie. Nur sahen die Gesichter der Mädchen alle traurig aus.
Als Stella sich neben sie stellte, fasste Mary nach der Kapitänsmütze und drehte sie nach hinten. »Ist die echt?«
»Von meinem Großvater.«
»Ich mag nur Dinge, die echt sind«, antwortete Mary.
Stella nickte lediglich als Antwort, denn jetzt kam Herr Dudichum und ließ seine Schüler abzählen.
Seine Stimme klang noch höher als gestern: »Wir gehen immer zwei und zwei. Jeder merkt sich seinen Nachbarn.«
Das war ja wie im Kindergarten.
»Es sind alle da. Wir können los«, bestimmte er schließlich.

Stella machte automatisch einen Schritt nach vorne, doch Mary hielt sie zurück. »Wir bleiben direkt hinter Robin.«
Gleichgültig zuckte Stella mit den Schultern. Es war ihr recht. Sie hatte sowieso keine Lust zwischen den Haifischen zu schwimmen. Besser sie hielt sich im Hintergrund.
Sie warteten, bis Robin, die Gitarre auf dem Rücken, sich mit seinen Freunden in Bewegung setzte. Dann schoben sie sich direkt hinter ihn ans Ende der Gruppe.
»Trennt der sich nie von dem Ding?«, fragte Stella.
»Nie. Pepe behauptet, er schläft sogar mit ihr in einem Bett.«
»Hat sie auch einen Namen?«
Mary grinste. »Keine Ahnung.«
Robin drehte sich kurz zu ihnen um. Er hielt die blauen Augen direkt auf Stella gerichtet, die Augenbrauen leicht hochgezogen, um den Mund dieses Lächeln. »Hey, gut geschlafen?«
Mary nickte lediglich, ohne ein Wort hervorzubringen. Stella dagegen schwieg. Sie war neu. Sie musste nicht mit ihm reden. Warum also schaute er sie an, nicht Mary, die doch keinen Blick von ihm ließ. Merkte er denn nicht, dass sie total verknallt in ihn war? Verliebt zu sein, war ein Zustand, der Stella nicht geheuer war. In diesem Zustand musste man alles tun, um bemerkt zu werden. Nichts, wonach sie sich sehnte. Sie war Miss Undercover, eine Schnecke, immer ein Versteck auf dem Rücken.
»Ich hasse diese Wandertage«, seufzte Mary neben ihr. Ihr Gang wirkte, als ob ihr ganzer Körper über den Boden schleife.
»Und ich erst«, stöhnte Stella.
»Was hat es eigentlich für einen Sinn zu wandern?« Mary hob fragend die Schultern. »Noch dazu zu einem Leuchtturm? Hat ein Leuchtturm überhaupt einen Sinn?«
»Du bist schräg drauf, oder?«, fragte Stella.
»Nicht mehr als du. Nicht mehr als der Dudichum.«

Sie grinsten sich an und schlurften langsam weiter. Bei jedem Schritt schien das riesige Mangagesicht mit den großen schwarzen Augen auf Marys Tasche den Kopf zu schütteln.
»Was gefällt dir an diesen japanischen Figuren?«, fragte Stella.
Mary überlegte kurz: »Sie bestehen fast nur aus Gesichtern.«
»Und?«
»Ein Gesicht, das sagt alles über einen Menschen aus. Du erinnerst dich doch auch an das Gesicht«, sie zögerte kurz, »deiner Mutter und nicht an ihre Hände oder ihre Füße, oder?«
Stella hielt die Luft an. »Ja«, antwortete sie zögernd, »obwohl ich kein Foto von ihr habe.«
Mary blieb abrupt stehen. »Kein Foto, kein einziges?«
»Nein.«
»Warum nicht?«
»Ich weiß nicht.«
»Schräg.«
»Ja.«
»Wo sind denn die Fotos?«
»In den Umzugskartons.«
»Wo ist das Problem? Pack sie einfach aus oder kannst du den Anblick nicht ertragen?«
»Nein, ich weiß nicht, wo sie sind.«
Marys Gesicht verzog sich ungläubig.
»Warum fragst du nicht deinen Vater?«
»Mein Vater weiß nicht einmal, wo der Herd in der Küche steht, geschweige denn, wie er verschwundene Fotos finden könnte.«
»Väter sind keine große Hilfe, oder?«
»Stimmt.«
Offenbar hatten sie beide, so unterschiedlich sie waren, einige Erfahrungen gemeinsam.
Sie gingen einige Schritte schweigend nebeneinanderher.
»Aber«, fragte Mary plötzlich, »wie willst du dich erinnern,

wenn du kein Foto hast? Ich meine, wenn man kein Bild von jemandem hat, das ist ja, als hätte der nie wirklich gelebt. Der ist dann wie ein Geist. Oder willst du dein Gedächtnis gar nicht wiederhaben?«

»Ich *kann* mich nicht erinnern, okay?« Stella sprach so laut, dass Robin sich umdrehte. Konnte der nicht Mary anschauen? Die war es schließlich, die sich nach seinem Blick verzehrte.

»Bist du dir sicher? Alles ist doch Psyche, oder?« Das Mädchen neben ihr ließ nicht locker. »Ich meine, in deinem Kopf ist so etwas wie ein . . . wie ein Rollo, oder? Du hast einfach dicht gemacht. Warum?«

»Kannst du nicht die Klappe halten?«, zischte Stella.

»Ich bin eine Comicfigur«, sagte Mary. »Die reden auch immerzu. Schneiden Gesichter und quatschen.«

»Du bist ja total abgedreht«, entgegnete Stella.

»Ich habe nicht den Verstand verloren.«

»Ich auch nicht.«

Wieder schwiegen beide. Mary seufzte laut, als ob ihr leidtäte, was sie gesagt hatte.

Jetzt kam zum ersten Mal in der Ferne der Leuchtturm ins Blickfeld. Die rot-weißen Ringe leuchteten über den Dünen wie eine Warnung. Er musste so hoch sein, damit die Wellen ihn bei einem Unwetter nicht überfluteten, sondern er immer noch seine Signale aussenden konnte für die Schiffe, die Gefahr liefen, sich zu verirren oder auf einer Sandbank aufzulaufen.

Stella konnte das Schweigen nicht länger ertragen.

»Meine Katze heißt Freitag«, sagte sie.

»Warum?«

»Ich bin wie Robinson Crusoe auf dieser Insel gelandet.«

»Cool. Ich habe drei Katzen, doch die heißen nur Katze.«

»Alle?«

»Ja.«

»Warum?«

Mary zuckte mit den Schultern. »Weiß nicht. Aber Freitag, das ist echt cool.«

»Wie Mary Shelley«, antwortete Stella.

Mary blieb erneut stehen und streckte Stella die schmale blasse Hand entgegen.

»Wollen wir Freunde sein?«

Nein, dachte Stella, ich will hier mit niemandem befreundet sein.

Sie nickte.

Mary ging weiter. »Bist du schon in meinem Chatroom gewesen?«

Stella zuckte die Achseln: »Noch nicht.«

En heftiger Windstoß zwang Stella, ihre Mütze fester auf den Kopf zu drücken. »Wer war eigentlich dieser Byron?«

»Ein echt cooler Dichter im 18. Jahrhundert. Er war mit Mary Shelley befreundet.« Marys Stimme klang plötzlich aufgeregt. »Und . . . na ja, ich finde, Robin sieht ihm ähnlich.«

Stella ignorierte die letzte Bemerkung und sagte: »Ich habe auch noch nie von Mary Shelley gehört.«

»Sie hat mit zehn Jahren ihr erstes Buch geschrieben. Ich verrate dir ein Geheimnis. Kannst du es für dich behalten?«

Geheimnisse hatte sie genug in ihrem Kopf. Sie waren alle für das Vergessen bestimmt. »Klar. Mein Kopf ist ein Hochsicherheitstrakt.«

»Ich will auch Schriftstellerin werden.«

»Wow.«

»Was ist mit dir?«

»Musikerin.«

»Wenn du in meinen Chatroom willst«, meinte Mary, »musst du einen Eid schwören, dass du immer ehrlich bist.«

»Ich bin immer ehrlich.«

Mary ging darauf nicht ein, sondern erklärte: »Du musst dir einen anderen Namen ausdenken, zum Beispiel . . .«
»Mary Shelley«, sagte Stella.
»Genau.«
»Muss ich mich auch so anziehen wie du?«
Mary schüttelte den Kopf.
»Ihr wohnt im Haus vom alten Anderson«, fuhr sie fort.
»Ja.«
»Hier nennen es alle das ›alte Pfarrhaus‹. Habt ihr es gemietet?«
»Wir haben es gekauft.«
»Ihr habt es gekauft?«
Mary sah verwundert aus.
»Natürlich.«
»Aber es stand nicht zum Verkauf. Das hat der alte Anderson in seinem Testament so bestimmt. Er hatte nämlich Angst, dass seine Tochter es sofort verkauft, wenn er gestorben ist. Die lebt auf dem Festland und war schon seit Jahren nicht mehr hier. Nicht einmal zur Beerdigung ihrer Mutter.«
»Wann ist er denn gestorben?«
»Vor zwei Jahren. Er lag fast eine Woche in dem Haus, bevor es jemand gemerkt hat. Die Leute sagen, dass es in dem Haus spukt. Es heißt, dass die Toten der Insel sich dort treffen, auch die gestorbenen Kinder.«
Stella begann zu lachen. »Du glaubst doch wohl nicht tatsächlich an Geister?«
Mary zuckte mit den Schultern. Sie machte wieder dieses verkniffene, starre Gesicht, das sie meistens zur Schau trug, wobei sie die Schultern hochzog, als wolle sie sich in ihrem Körper verstecken.
»Das ist Blödsinn«, fuhr Stella fort. »Geister gibt es nicht.«
»Warum nicht?«
»Weil . . . weil es keine gibt.«

»Woher weißt du das?« fragte sie
»Das weiß jeder.« antwortete ich
»Das ist kein Grund.«
»Hast du schon einmal einen gesehen?«
»Nein, aber gespürt. Ich habe gespürt, dass dort ein böser Geist wohnt.«
»Wo?« fragte
»In eurem Haus . . . Ich war ein paar Mal drin«, sagte Mary schließlich. »Als es noch leer stand natürlich«, fügte sie eilig hinzu, als sie Stellas erschrockenen Blick sah. »Die Tür, die von außen in den Keller führt, schließt nicht richtig. Es war gruselig. Alles war so wie in der Zeit, als Pastor Anderson noch gelebt hat. Alle seine Sachen waren noch da. Die Bücher, seine Kleider, Geschirr und Bilder. Sein Gebetbuch lag noch aufgeschlagen auf dem Nachttisch. Neben dem Bett, in dem er gestorben ist. Ich glaube, er selbst ist auch noch da.«
Stella schaute Mary irritiert an.
Es musste diese Insel sein. Nur die Einöde brachte einen dazu, sich Geistergeschichten auszudenken. Vielleicht war hier im Sommer, wenn die Touristen kamen, etwas los, doch jetzt . . . Sie liefen schon ewig durch Dünen und das Einzige, was auf dem Sandboden wuchs, waren Heidekraut und Disteln, die ihre Beine zerkratzten.
»Schau, da vorne ist er.« Mary, die plötzlich stehen blieb, deutete geradeaus. Unmittelbar vor ihnen erhob sich der rot-weiße Leuchtturm auf einem Felsen.
»Wird er noch benutzt?«
»Nein, er ist nur noch ein Museum. Wenn schlechtes Wetter ist, dann steigen die Touristen massenweise dort hoch. Dabei lohnt sich der Ausblick nur, wenn die Sonne scheint.«
Stella stellte fest, dass von ihren Klassenkameraden nichts mehr zu sehen war. Automatisch beschleunigte sie ihren

Schritt. Als hinter der nächsten Düne Robins dunkler Haarschopf erneut auftauchte, atmete sie erleichtert auf. Auch Marys Schritt wurde plötzlich schneller. Stella kam kaum hinterher. Seit dem Unfall hatte sie noch immer Probleme beim Laufen. Dennoch schafften sie es, die Gruppe einzuholen, gerade als Herr Dudichum seinen Vortrag begann. Er stand vor einer kleinen, windschiefen Holzbude, vor der sich einige Schüler drängten, um ein Eis zu kaufen. Daneben lehnte ein altes schwarzes Fahrrad aus der Steinzeit. Vanessa und ihre Freundinnen umringten Robin.
»Einhundertfünfundsiebzig Stufen bis zur Plattform«, erklärte er. »Der Turm hat eine Gesamthöhe von dreiundsechzig Metern. Bei gutem Wetter hat man eine Sichtweite von dreiundzwanzig Seemeilen. Seit 1992 können Paare oben heiraten, was sehr gerne genutzt wird.«
Pepe stimmte den Hochzeitsmarsch an.
Die Klasse brach in Kichern aus.
Herr Dudichum wechselte so schnell und verlegen das Thema, als hätte er gerade über das menschliche Sexualverhalten gesprochen: »Wer nicht schwindelfrei ist, sollte unten warten. Ich will nicht, dass jemandem schlecht wird, weil er Höhenangst hat. Obwohl die Aussicht heute gut sein wird.«
Er blickte nach oben, wo die Wolken Richtung Landesinnere abzogen. Hinter ihnen kam blauer Himmel zum Vorschein. So blau, als hätten Meer und Himmel ihre Plätze getauscht.
Stella war froh über das Angebot. Ihr rechtes Bein schmerzte. Sie hatte keine Lust, auf den Leuchtturm zu steigen, nur um zu sehen, dass rundherum Meer war.
»Wer bleibt hier?« Herr Dudichum schaute sich um.
Bis auf Stella und Mary hob niemand die Hand.
»Okay«, sagte Herr Dudichum »aber bleibt unten sitzen. Ich habe keine Lust, Antje, dich wie das letzte Mal suchen zu müssen.«

Mary schaute unbeteiligt. Sie zuckte mit den Schultern.
»Was dich betrifft«, wandte sich Herr Dudichum an Stella, »so weiß ich, dass du dich noch schonen musst. Gestern Abend hat deswegen eine Frau angerufen und ich habe ihr versprochen, eine Auge auf dich zu haben.«
»Eine Frau?«
»Anders, Frau Anders.«
Die gute, alte Pat. Sie war wirklich fürsorglich. Aber dennoch war es Stella peinlich, dass jetzt alle dachten, sie bräuchte besonderen Schutz.
Inzwischen gab Herr Dudichum die nächsten Anweisungen: »Wir stellen uns jetzt in einer Reihe auf. Die Holztreppe ist schmal und schon alt. Ich wurde gebeten, dafür zu sorgen, dass sich nicht mehr als fünf Schüler gleichzeitig auf ihr befinden. Also bitte einer nach dem anderen. Wir nehmen Rücksicht aufeinander, Kinder.«
»Mit wem«, flüsterte Mary, »spricht er? Mit Neugeborenen?«
»Mit Eingeborenen«, antwortete Stella. »In seinen Augen haben wir einen Verstand wie Wilde und stammen in direkter Linie von kleinen, süßen Schimpansen ab. Er denkt, wenn wir ihm alles nachmachen, werden wir automatisch erwachsen.«
Mary kicherte, doch sie brach ab, als Robin sich als Letzter einreihte. Er sah wirklich cool aus. Stella konnte schon verstehen, dass Mary, die plötzlich aufsprang, auf ihn abfuhr.
»Ich gehe doch mit«, rief diese jetzt, während ihr Blick Robin folgte. »Hast du nicht auch Lust?«
Stella schüttelte den Kopf.
Mary zögerte nicht, sondern stellte sich direkt hinter Robin in die Schlange. Einer nach dem anderen verschwand im Turm.

NEUN

Das Meer rauschte. Es hörte nie auf damit. Ebenso wie der Wind auf der Insel nie zum Stillstand kam. Unaufhörlich blies er ihr die Haare ins Gesicht.

Stella saß im Sand. Seit Langem war es das erste Mal, dass sie alleine war. Es war ungewohnt. Seit dem Unfall hatte man sie kaum aus den Augen gelassen. Immer diese besorgten Blicke. Als hätte sie nicht nur ihr Gedächtnis, sondern auch den Verstand verloren.

Es war komisch, hier allein zu sitzen. Als wäre sie tatsächlich Robinson Crusoe. Gerade eben erst auf dieser einsamen Insel gestrandet. Das Meer hatte sie in diese Düne geworfen und sie wachte auf, begriff in diesem Moment, dass sie alleine war. Es war nicht schwer, sich das vorzustellen. Genau dasselbe hatte sie im Krankenhaus nach dem Unfall empfunden.

Das beunruhigende Gefühl, das sie ergriffen hatte, verschwand nur, wenn das Lärmen ihrer Klassenkameraden vom Turm zu ihr herab drang. Ab und zu erschien einer von ihnen am Fenster. Erst Pepe, dann Mikey und schließlich Robin, der auf sie hinunterschaute, als wolle er sich überzeugen, dass sie noch da war. Dann stürmten sie laut schreiend weiter die Treppen hinauf. Jungs waren überall auf der Welt gleich.

Wenige Minuten später verstummten auch diese Geräusche. Der Wind wurde stärker und übertönte alles, sogar das Rauschen des Meeres. Er trieb die Wolken über den Himmel, wie die Sportlehrerin ihrer alten Schule sie durch die Halle gejagt hatte. Stella legte sich im Sand zurück und schloss die Augen.

Trotz des Windes wurde ihr in der Sonne, die auf den Sand brannte, warm. Sie zog die Jacke aus und legte sie neben ihren Rucksack.
Gestern Abend hatte sie Caro angerufen, die gerade auf eine SMS von ihrer neuen Liebe wartete. Sie hatte Stella kaum zugehört, weshalb sich diese total verlassen gefühlt hatte. Wie jetzt. Wie seit drei Monaten. Kurz: Sie war dabei, sich zu bedauern. In dieses Loch zu fallen, das Selbstmitleid heißt. »Reiß dich zusammen, Captain«, sagte sie laut zu sich selbst und sprang auf. Wenn wenigstens Freitag hier wäre. Oder sie ihre Gitarre mitgenommen hätte, so wie Robin. War ja fast abartig, dass er sich nie von dem Instrument trennte. War er einsam wie sie? Aber er wurde von allen bewundert. Während sie niemanden kannte. Was soll's, sie hatte sowieso keine Lust, jemanden kennenzulernen. Sie würde nicht auf der Insel bleiben, sondern weggehen. Bald. Denn wenn sie sich erst eingewöhnte, wenn man sie besser kannte, kamen mit Sicherheit die Fragen.
Vermisst du deine Mutter?
Wie ist das, wenn man sich nicht erinnert?
Warst du sehr traurig?
Nein, verdammt, Stella hatte sich gefreut, als sie erfuhr, dass ihre Mutter tot war. Und Sven.
Unser Glücksbringer, hatte ihre Mutter zu Pat gesagt.
Stella hielt die Hand vor die Augen, um sich vor dem grellen Licht der Sonne abzuschirmen.

Glücksbringer.
Meine Mutter hält den blond gelockten Sven auf dem Arm. Ich sitze noch im Auto und beobachte, wie Pat aus dem Haus kommt. Sie trägt die üblichen ausgebeulten Jeans und eine lange karierte Bluse. Die blonden langen Haare hängen ihr ins Gesicht wie verkochte Spaghetti.
»Hier«, sagt Mama, »unser Glücksbringer.«

Sven fängt an zu schreien, als Pat ihn entgegennimmt. »Sehr glücklich scheint er nicht zu sein«, sagt sie. »Und du sahst auch schon mal besser aus.«

Stella riss die Augen auf. Sie hätte mit Mary hochgehen sollen. Die war zwar total abgedreht, aber das war es, was sie brauchte. Nicht das normale Leben. Dieses betrügerische Leben. Ein totaler Reinfall. Es versprach einem etwas und hielt diese Versprechen nicht. Glück zum Beispiel. Oder dass Eltern immer am Leben bleiben.
Mama, musst du auch einmal sterben?
Wie alt war sie gewesen, als sie ihre Mutter gefragt hatte, vielleicht fünf oder sechs?
Mama, musst du auch einmal sterben?
Heute nicht, mein Schatz, hatte ihre Mutter geantwortet, und soweit sich Stella erinnerte, hatte sie sich mit dieser Antwort zufrieden gegeben.
Heute nicht.
Aber was war morgen?
Was war übermorgen?
Kurz entschlossen sprang Stella auf. Die Eingangstür zum Leuchtturm stand weit offen.

Als sie aufhörte zu zählen, hatte sie achtzig Stufen hinter sich. Von oben drangen die Stimmen und das Gelächter ihrer Klassenkameraden zu ihr. Einer der Jungs brüllte wie Leonardo di Caprio: »Ich bin der König der Welt.« Offenbar waren sie am Ziel angelangt. Unwillkürlich wurde ihr Schritt schneller. Dann plötzlich Ruhe. Sie blieb stehen. Hatte das Gefühl, dass der Leuchtturm im Wind schwankte, sich leicht zur Seite neigte, wie der schiefe Turm von Pisa. Oder war ihr schwindelig?
Immer höher stieg sie. Eine Stufe nach der anderen. Ihre Beine

schmerzten an der Stelle, an der die Knochen zusammengeschraubt waren. Sie wurde nur noch von Schrauben zusammengehalten. Seltsamer Gedanke. Nahm der Turm kein Ende? Sie war bereits völlig außer Atem. Warum war sie nicht unten geblieben?

Schließlich stand sie an einem neuen Treppenabsatz. Ein Schild an der Wand: Betreten verboten.

War sie im falschen Turm?

Eine ganze Klasse hatte den Leuchtturm bestiegen und war plötzlich verschwunden. Hatte sich in Luft aufgelöst. War ins Meer gestürzt. Vielleicht waren sie schon ganz oben auf der Plattform, von der aus früher Leuchtfeuer gezündet worden waren, um Schiffen den Weg durch die Untiefen zu weisen.

»Hallo«, rief Stella. Niemand antwortete. Sie stieg weiter hinauf. Mit Sicherheit waren das mehr als einhundertfünfundsiebzig Stufen. Jetzt konnte es nicht mehr weit sein. Noch eine Biegung und sie stand vor einer geschlossenen Tür aus schwarzem Metall, gegen die von außen der Wind drückte, sodass sie sich nicht öffnen ließ. Stella musste sich mit aller Kraft dagegenwerfen, bis sie plötzlich aufsprang, als hätte sie jemand auf der anderen Seite aufgezogen.

Stella trat hinaus auf die Aussichtsplattform. Sie schwankte im Wind. Um das Geländer war ein rot-weißes Absperrband geschlungen und ein Teil der Barriere hing lose in den Scharnieren. Unwetter und Stürme hatten dem Geländer zugesetzt und es gelockert.

»Hallo«, rief sie erneut.

Sie glaubte Stimmen zu hören, doch es konnte auch der Wind sein. Wo waren alle?

»Hallo! Wo seid ihr?«

Keine Antwort.

Sie horchte weiter. Nichts. Nur der Wind pfiff. Sie trat näher an

das Geländer. Wie hoch war der Turm? Wie viele Meter waren es bis nach unten, wo das Wasser sich an den Felsen brach? Ihr war kalt. Was machte sie eigentlich hier? Sie hätte unten bleiben sollen.
Offenbar war ihre Klasse irgendwo anders im Leuchtturm.
Sie wandte sich zum Ausgang.
Zu spät.
Mit einem lauten Knall fiel die Tür wie von selbst ins Schloss.
Oder war es der Wind gewesen?
Stella versuchte, sie aufzuziehen, aber sie bewegte sich nicht.
Sie zog mit aller Kraft. Keine Chance. Sie ließ sich nicht öffnen.
Erstarrt hielt Stella inne. Der Wind war so laut, dass sie mit Sicherheit niemand hören würde, selbst wenn sie sich die Seele aus dem Leib schrie.

Stella.
Jemand ruft mich.
So leise wie Vogelgezwitscher.
Stella. Stella.

Sie wollte weg. Nach Hause.
Die Tränen schossen ihr in die Augen. Ihr Herz schlug bis zum Hals. Ihr wurde schwindelig. Sie begann gegen die Tür zu trommeln.
»Hilfe, hört mich denn niemand?«
Verzweifelt warf sie sich gegen die Tür. Immer wieder, bis sie plötzlich ins Leere fiel. Nein, nicht ins Leere. Jemand fing sie auf. Unwillkürlich klammerte sie sich an diesen Jemand. Er hielt sie fest. Sie stieß gegen einen Gegenstand, der laut widerhallte. Ein dumpfer, klirrender Ton.
»Was machst du denn hier oben?«
Es war Robin.

Augenblicklich riss Stella sich zusammen. Ihre Angst ging niemanden etwas an.
»Was wohl. Ich habe euch gesucht.«
»Hast du das Schild nicht gesehen? Betreten verboten!«
»Na und? Hältst dich wohl immer an die Gesetze? Weil dein Vater ein Bulle ist.«
»Entschuldigung«, sagte er und drehte sich um. Die Gitarre schwang nach vorne. »Ich habe dich nach oben gehen sehen. Ich bin dir gefolgt, um dir zu sagen, dass wir im Museum sind. Dort wird ein Film gezeigt.«
»Hätte mir ja auch jemand sagen können.«
Er antwortete nicht, sondern ging vor ihr die Treppe hinunter. Stella folgte ihm, zitternd vor Aufregung und Kälte.
Ein Stockwerk tiefer drehte er sich um. »Entschuldige, ich wollte dich nur warnen. Hier oben ist es verdammt gefährlich. Da haben sich schon viele Leute hinuntergestürzt. Daher ist es auch verboten hochzugehen.«
»Na und«, antwortete Stella schnippisch, »ich habe keine Angst, du etwa?«

ZEHN

Der Sommer hatte sich verabschiedet, und tristes Nordseewetter hielt mit dem September Einzug. Wenn die Sonne schien, konnte die Landschaft Stella fast von ihrer Schönheit überzeugen, doch nun spiegelte sich das Grau der Wolken in der Eintönigkeit der Insel wider. Der Regen hatte offenbar die Absicht, über der Insel sein Winterquartier aufzuschlagen.

Stella starrte zum Autofenster hinaus. Wie war es möglich, dass es in Deutschland so einen verschlafenen, langweiligen Ort gab?

Ihr neues Leben war nicht echt, sondern ein Film, bei dem jemand auf dem DVD-Player »Pause« gedrückt hatte. Sie stand auf, ging zur Schule, machte ihre Hausaufgaben, kümmerte sich um den Haushalt, ging wieder ins Bett. Sie beschwerte sich nicht. Nein. Es war ihr sogar recht. Ihr Alltag lief in geordneten Bahnen. Sie hatte keine Zeit nachzudenken. Weder über die Gegenwart noch über die Zukunft und schon gar nicht über die Vergangenheit. Offenbar ging es ihrem Vater genauso. Mit ihm kam sie klar. Er war die meiste Zeit im Institut, rief jedoch mehrmals am Tag an, um zu fragen, ob es ihr gut ginge.

Stella sah ihn von der Seite an. Seine Hände umklammerten das Lenkrad. Sie sah die Furchen um seinen Mund. Die Brille saß schief. Etwas beschäftigte ihn.

Um ihn aus seinen düsteren Gedanken zu reißen, sagte sie mit der genervtesten Stimme, die ihr zur Verfügung stand: »Hab echt keinen Bock auf diese Teenie-Band. Sicher alles Amateure.«

Augenblicklich wandte er ihr seine Aufmerksamkeit zu: »Entweder diese Schulband oder ein neuer Gitarrenlehrer.«

Der Wagen hielt vor der Schule. Das Dröhnen des Basses war bis auf den Hof zu hören.

»Ich habe keine Lust mehr auf Mozart oder auf *House of the Rising Sun*.« Stella verzog das Gesicht. »Musiklehrer sind auf der ganzen Welt gleich. Sie sehen auch alle gleich aus. Vermutlich werden sie aus dem Mutterleib geholt, in die Luft gehoben, nach dem ersten Klaps fangen sie an zu singen, statt zu schreien, und der Arzt sagt zum Vater: ›Oh, ein Musiklehrer.‹«

Ihr Vater reagierte nicht gleich, dann musste er doch grinsen. »Woher du immer diese Gedanken hast!«

Langsam lernte er, ihre Scherze zu verstehen. Er beugte sich über sie, um die Beifahrertür zu öffnen, und machte die gelöste Stimmung mit einem Satz zunichte: »Pat meint auch, dass dein Talent gefördert werden muss.«

Mama hätte sich auf einen Schlagabtausch mit ihr eingelassen. Sie hätte diskutiert.

»Ich kann noch nicht auf der neuen Gitarre spielen. So eine E-Gitarre . . . ihr denkt, die geht automatisch, doch jeder Akkord muss sitzen, jeder Ton, sonst klingt das wie Reifenquietschen –«

Abrupt brach sie ab. Er bemerkte es nicht.

»Steig schon aus, die vielen Gitarrenstunden sollen nicht umsonst gewesen sein.«

»Euch Erwachsenen geht es immer ums Geld.«

Er ignorierte ihre Antwort. »Bei mir wird es später.«

»Das ist ja nichts Neues.« Ihre Stimme wechselte in die Tonart Schnippisch.

»Fahr bitte nach der Probe gleich mit dem Bus nach Hause. Ich will nicht, dass du im Dunkeln unterwegs bist.«

»Das ist doch Kinderkram. Du kennst den Dudichum nicht. Der

ist mit Mozart groß geworden, verstehst du? Er hat seine Kindheit mit Etüden verbracht, in seiner Jugend Sinfonien gepaukt. So jemand kann keine Schulband leiten!«

»Herrgott, Stella, du gehst da jetzt hinein. Herr Dudichum hat mich bereits dreimal angerufen. Sie brauchen dringend Verstärkung für das Schulkonzert Anfang Oktober.«

»So schnell lerne ich das nie.«

»Dann übe!«

»Die Lieder sind alle total langweilig!«

»Es wird Zeit, dass du aussteigst.«

Für einen Moment schwieg Stella, doch dann fiel ihr ein: »Aber ich muss noch Hausaufgaben machen.«

»Du hast gesagt, dass du fertig bist.«

»Bin ich auch, nur sollte ich vielleicht mein Referat für Englisch noch mal üben.«

Ihre Mutter hätte sofort gemerkt, dass sie eine Ausrede gebrauchte.

»Das kannst du heute Abend auch noch machen. Beeil dich, ich muss los.«

Mit einem provozierenden Seufzer stieg Stella aus, ging um den Wagen herum und nahm den Koffer mit der Gitarre aus dem Kofferraum. Hoffentlich hatten die wenigstens einen vernünftigen Verstärker.

»Es wird bestimmt ganz toll«, sagte ihr Vater mit dieser betont munteren Erwachsenenstimme, die so falsch klang wie einer dieser Klingeltöne, die man sich fürs Handy herunterladen konnte. »Du wolltest doch schon immer in einer Band spielen.« Wenn er sie aufmuntern wollte, dann hatte er Pech.

»Seepferdchenforscherin wollte ich werden. Und du? Du wolltest auf der Nordstern durch die Antarktis reisen, um neues Leben im Eis zu entdecken«, antwortete Stella. »Hast du das vergessen? Aber wie hat Mama immer gesagt? ›Wünsche sind wie

Masern oder Mumps. Sie gehen vorüber und nur selten bleiben Narben.«

Verdammt, es war ihr einfach so über die Lippen gekommen.

»Ja, das hat sie immer gesagt.« Er wischte sich mit der Hand über das Gesicht. »Sie hatte recht. Nur nicht mit den Narben. Oft bleiben Wunden.«

Er gab Gas und fuhr los. Sie sah ihm nach.

Sie hatte ihn nicht verletzen wollen. Oder doch?

»Was willst du denn hier?«, hörte sie hinter sich eine hohe Stimme.

Vanessa von der Robbie-Williams-Gang stand mit ihren Freundinnen vor ihr. Sie trug eine Miss-Sixty-Hose und ein helllila Poloshirt von Lacoste. An ihrem Handgelenk hingen genügend goldene Armbänder, dass sie jemanden damit erschlagen konnte. Der Pferdeschwanz an ihrem Kopf wirkte mit dem pinkfarbenen Samtgummi wie eine Signalfahne. Ihr Blick fiel auf das Musikinstrument auf Stellas Rücken. »Etwa Gitarre spielen?«

Die beiden anderen brachen in künstliches Gelächter aus.

»Was sie wohl spielt?«

»Gruftimusik vermutlich, wie unsere Miss Frankenstein.«

Augenblicklich begannen sie zu grölen: *Auf dem Kreuze lieg ich hier/sie schlagen mir die Nägel ein/das Feuer wäscht die Seele rein/ und übrig bleibt ein Mund voll Asche.*

Stella bewegte sich scheinbar ungerührt Richtung Aula. »Was wollt ihr hier? Müsst ihr nachsitzen?«

»Wir haben ein Date«, erklärte Vanessa schnippisch. Wenn sie sich ärgerte, wurde ihr rosa Mund rund und dick wie der Rüssel eines Schweins.

»Mit wem habt ihr denn ein Date? Ich glaube nicht, dass Robbie Williams vorbeikommt und ihr in euer Gekreische ausbrechen könnt wie eine Horde pubertierender Affen.«

»Wir sind Robins Fanklub.« Lara rollte ein Poster auf.

Robin – you are the greatest.
Offenbar waren sie mit Robin gut befreundet, was Stella einen Stich gab. Er hatte sie seit dem Vorfall auf dem Leuchtturm nicht mehr angesprochen. Nicht, dass sie sich danach sehnte, aber es war auch nicht schön, völlig ignoriert zu werden. Wenn er über sie hinwegsah, hatte sie das Gefühl, tatsächlich eine Tarnkappe zu tragen. Nur im falschen Moment.
»Wir kommen immer, wenn Proben sind. Vielleicht nimmt uns Herr Dudichum als Hintergrundchor.«
Stella antwortete nicht, sondern stieg mit ihrer Gitarre die Treppe hoch. Die drei folgten ihr tuschelnd. Sie hätte zu Hause bleiben sollen. Robinson Crusoe hatte mehr Glück gehabt als sie. Er war zwar auch auf einer Insel gelandet, aber die war unbewohnt gewesen. Bis auf die Tiere und natürlich Freitag. Jedenfalls hatte er sich nicht mit einem weiblichen Fanklub herumärgern müssen, der schlimmer war als eine Horde kreischender Papageien.
Als sie die Aula betrat, lag die Band offenbar im Schlussakkord. Stella sah Robin, der sich mit der Gitarre zur Seite neigte, um den letzten hohen Ton vibrieren zu lassen.
Sofort brach sein Girl-Fanklub in Applaus aus. Stella hätte erwartet, dass er sich daraufhin – wie die meisten Jungs – besonders ins Zeug legen und sich anschließend verbeugen würde. Stattdessen brach er einfach ab. Mit unbewegter Miene legte er die Gitarre zur Seite und verließ die Bühne.
Sie musste unwillkürlich grinsen, als sie sah, wie die drei Mädchen ihm folgten und ihn um ein Autogramm baten. Dass er tatsächlich auf ihren Federmäppchen unterschrieb, ärgerte sie dann wieder. Sie wurde nicht schlau aus ihm.
Herr Dudichum riss sie aus ihren Gedanken. »Stella hat es sich also überlegt. Das ist ja wunderbar. Robin kann eine Verstärkung auf der Gitarre gebrauchen.«

Alle starrten sie jetzt an und dann Robin. Was würde er antworten? Sie solle sich zum Teufel scheren?

Er hob den Kopf und schaute sie an: »Klar.«

»Na also.« Herr Dudichum klatschte in die Hände. »Wir machen weiter. Die Gruppe hat beschlossen, bekannte Songs zu imitieren . . .«

»Er meint covern.« Robin stand plötzlich direkt neben ihr.

»Aber wir sind auch dabei, selbst einige Songs zu schreiben«, fuhr der Dudichum fort. »Wenn Stella Lust hat, kann sie . . .«

»Sie hat ihren eigenen Song«, unterbrach ihn Robin. Erneut schaute er ihr direkt ins Gesicht. Verdammt, sie wurde rot. Wie ein Pavianhintern musste ihr Gesicht aussehen.

»Das ist ja wunderbar. Spiel ihn uns gleich einmal vor.«

»Er ist noch nicht fertig . . .«, stotterte sie.

»Sie hat gar keinen«, hörte sie Vanessa rufen. Ihr Hintergrundchor brach in Lachen aus.

»Keiner unserer Songs ist fertig.« Auch Robin wollte sie in die Enge treiben. Was soll's. Ruhig packte sie die Gitarre aus. Alle schauten ihr zu. Sie begann sie zu stimmen. Hoffentlich bemerkte niemand ihre zitternden Finger.

Robin kam auf die Bühne, stellte sich neben sie.

»Gibt's auch Technik?«, fragte sie möglichst wie ein Profi.

»Klar.« Er stellte das Mikrofon direkt vor sie hin und drehte es auf ihre Höhe.

Sie spielte den ersten Akkord.

»Kurzer Song«, kicherte Mona und Lara und Vanessa stimmten in das Gelächter mit ein.

I don't forget you.
Even only my heart can hear your voice.
Please return, when I am calling you.
I am calling you now.

Sie wiederholte den Text. Robin stimmte in die Melodie ein. Pepe am Schlagzeug gab langsam den Rhythmus vor. Mikey setzte den Mund an das Saxofon. Für einen kurzen Moment schien ihr Song perfekt, doch dann brach sie plötzlich ab.

Herr Dudichum kam an die Bühne. »Das war nicht schlecht. Arbeite weiter daran, Stella. Daraus kannst du etwas machen. Lasst uns jetzt wieder unseren Song für das Schulkonzert üben. *It`s my life*. Stella, du kannst Robins Noten haben. Er braucht sie nicht. Du wirst es bestimmt schnell lernen.«

Robin schob ihr den Notenständer hinüber.

Die Band legte los. Stella musste nicht auf die Noten schauen. Sie kannte den Song schließlich. Er war eines der Lieblingslieder ihrer Mutter gewesen.

I just want to live
While I'm alive
'cause it's my live

Scheißtext!

Ich will leben,
solange ich am Leben bin,
denn es ist mein Leben.

Die Tränen stiegen ihr in die Augen. Niemand schien etwas zu bemerken. In ihrem Kopf rauschte es. Etwas blitzte in ihrer Erinnerung auf. Wie ein Leuchtturm.

War es endlich eine dieser Gedächtnisinseln, von denen Dr. Mayer gesprochen hatte? Das Bild überfiel Stella. Eine Szene. Das Lied im Radio. Es war so mächtig wie eine große Leinwand im Kino.

It's my life.
Wir fahren im Auto.
Wo sind wir?
Auf dem Weg zu Pat?
Oder sind wir auf dem Rückweg?

Meine Mutter fasst sich an die Stirn. Sie ist so blass. Geradezu totenbleich.
»Mama, ist etwas mit dir?
Ist etwas mit dir?
Ist etwas mit dir?
Meine Mutter lässt das Steuer los.
»Stella!«
Jemand ruft mich.
So leise wie Vogelgezwitscher.
Stella. Stella.

»Stella!« Sie spürte eine Hand auf ihrer Schulter: »Was ist los?« Von einem Moment auf den anderen umfing Stella wieder die vertraute Dunkelheit. Wie immer, wenn sie versuchte sich zu erinnern. Die Gedanken ließen sich einfach nicht erzwingen. Sie kamen nur, wenn sie es wollten.
Ihr Herz schlug laut.
»Ist dir schlecht?«, hörte sie Robin fragen.
»Was?« Sie blickte auf. Alle starrten sie an.
»Vielleicht gehst du kurz an die frische Luft«, sagte Herr Dudichum nervös. »Eines der Mädchen soll dich begleiten.«
»Geht schon«, murmelte sie.
»Ich gehe mit«, bestimmte Robin. Er zog sie an der Hand hinter sich her.
Stella blickte zurück und sah Vanessa und ihre Freundinnen miteinander flüstern. »Sie will sich nur wichtig machen.«
Auf dem Schulhof setzte Robin sich auf eine Bank.
»Was ist los?«
Sie nahm neben ihm Platz. »Nichts. Mir war schwindelig.«
»Du hast an deine Mutter gedacht, oder?«
»Bist du der Schulpsychologe, oder was?« Sie sprang auf. »Kannst du mich nicht in Ruhe lassen? Warum gehst du nicht zu

den Zicken da drin. Die würden sich gerne von dir therapeutisch behandeln lassen und noch mehr.«
»Tut mir leid, wenn ich dir zu nahe trete.«
»Zu nahe trete‹, sag mal, wie sprichst du denn? Stammst du aus einem anderen Jahrhundert? Robin Hood oder was? Was willst du? Eine Eins in Sozialverhalten?«
»Setz dich hin«, sagte er. »Die eigentliche Zicke bist doch du. Du schaust niemanden an. Du sprichst mit niemandem außer Mary. Nach der Schule rennst du sofort nach Hause. Da kannst du ja gleich ins Kloster gehen oder als Einsiedler im Wald leben.«
»Auf der Insel gibt es keinen Wald, hast du das vergessen?«
»Okay, vergrab dich im Sand. Und wenn du endlich erwachsen bist, streck den Kopf raus und schau, ob die Luft rein ist.«
Unwillkürlich musste Stella grinsen. »Ich bin erwachsen«, antwortete sie.
»Dann benimm dich auch so.«
»Du bist ein bescheuerter Klugscheißer.«
»Stimmt.«
Sie schwiegen eine Weile, bis Robin fragte: »Also, du hast an deine Mutter gedacht und weiter? Du hast dich an etwas erinnert.«
»Wieso wisst ihr alle Bescheid? Da hätten wir ja gleich auf dem Festland bleiben können. Mein Vater wollte es niemandem erzählen. Wir wollten neu anfangen.«
»Es stand groß und breit in der Zeitung«, antwortete er. »Außerdem hat die Freundin deines Vaters es den Handwerkern erzählt, die das alte Pfarrhaus renoviert haben.«
»Sie ist nicht die Freundin meines Vaters«, widersprach Stella. »Warum glaubt eigentlich jeder . . .«, sie brach ab.
Er lehnte sich zurück und verschränkte die Arme. »Ich habe Zeit.«
»Verstehst du, niemand weiß, wie dieser Unfall passiert ist. Nie-

mand kann es sich erklären. Sie war eine gute Autofahrerin, und wenn . . .«, sie stockte, »wenn mein kleiner Bruder im Auto war, fuhr sie besonders vorsichtig.« Den letzten Satz flüsterte Stella fast. »Aber jetzt erinnere ich mich an etwas. Meine Mutter hat plötzlich das Steuer losgelassen. Sie hat die Hände in die Luft gehoben und einfach das Steuer losgelassen. Es einfach losgelassen.«
Sie brach in Tränen aus. Robin legte den Arm um ihre Schultern, hielt sie fest. »Hey, dein Gedächtnis meldet sich gerade zurück und du heulst? Es war schon abgezischt Richtung Weltraum, um dort in einem der schwarzen Löcher zu verschwinden. Aber nun bist du wieder online.«
In Stellas Blickfeld tauchte plötzlich ein Paar schwarze Stiefel mit Silberschnallen auf, die leise klirrten. Sie hob den Kopf. Vor ihr stand Mary, ihre Augen blitzten vor Zorn.
»Wir haben uns geschworen, immer ehrlich zu sein«, schrie sie.
Verwirrt schaute Stella sie an.
»Verräterin!«
»Nein, ich habe doch nicht . . .«
»Verpiss dich.« Mary spuckte neben ihr auf den Boden. »Ich dachte, du bist meine Freundin.«
«Hey, zisch ab, Frankenstein«, mischte sich Robin ein.
Das hätte er nicht sagen sollen. Mary starrte sie beide an, hob die rechte Hand, spreizte zwei Finger und sagte zu Stella: »Das wirst du bereuen, ich schwöre es bei Lord Byron.«
Dann drehte sie sich um und ging mit schnellen Schritten davon.
»Mary«, rief Stella ihr nach, »das ist nicht so, wie du denkst.«
»Lass sie«, sagte Robin »die beruhigt sich schon wieder. Wenn sie so wenig Vertrauen hat, ist sie keine Freundin.«
Das klang wirklich superschlau, doch Stella wusste, dass er unrecht hatte.

»Sie ist einsam«, erklärte sie.

»Warum«, antwortete er, »sucht sie ihre Freunde dann auf dem Friedhof und nicht unter den Lebenden? Hör zu, wir können zusammen für das Konzert üben. Das schaffst du schon.«

Stella nickte. Sie hatte das Gefühl, einen Freund gewonnen, doch dafür eine Freundin verloren zu haben. Das Leben hatte es wirklich darauf abgesehen, ihr nicht allzu viel zu versprechen.

»Lass uns wieder hineingehen«, sagte sie.

ELF

Regentropfen schlugen gegen die Scheibe des Busses, mit dem Stella nach Hause fuhr. Sie wischte die beschlagene Fensterscheibe mit einer Hand frei und starrte hinaus. Am Straßenrand neigten sich die Bäume im Wind.
Sie hatte gewusst, dass das mit der Band ein Reinfall werden würde. Marys Augen hatten vor Wut gefunkelt. Ach was, Wut, das war Hass gewesen. Ihre Augen hatten vor Hass gebrannt, sodass der dunkle Lidschatten wie Asche von den schwarz getuschten Wimpern rieselte.
Dabei hatte sie sich lediglich mit Robin unterhalten, mehr nicht. Das mit dem Arm um ihre Schultern, das war doch nur, weil sie geweint hatte. Ihre Mutter war tot, ihr Bruder. Er wollte sie trösten. Robin Hood spielen. Warum kapierte Mary das nicht einfach?
Wasser spritzte hoch, als der Bus quietschend an der Haltestelle hielt. Sie war die Einzige, die ausstieg. Die letzten hundert Meter bis zum alten Pfarrhaus ging sie im strömenden Regen. Der Bus dröhnte laut, als er um die Kurve fuhr.
Sie hoffte, Mary würde ihr die Gelegenheit geben, alles zu erklären. Sie musste das wieder ins Lot bringen. Die Vorstellung, den Rest des Schuljahres neben einem Mädchen zu sitzen, das sie hasste, war voll deprimierend. Außerdem mochte sie Mary. Sie hatte zwar eine irre Art zu reden, aber sie versuchte wenigstens nicht, auf Mitleid zu machen. Im Gegenteil. Mary Shelley liebte alles, was nicht normal war.
Und Stella war nicht normal. Sie war überzeugt, Mary würde ihr

am liebsten ihr Gehirn abkaufen, um zu erfahren, wie das war, das Gedächtnis zu verlieren.

Umso krasser, dass sie ausgerechnet in den smarten Robin verliebt war. Obwohl sie nach dem heutigen Nachmittag durchaus verstand, dass Mary in seiner Gegenwart weiche Knie bekam. Als sein Arm sie festgehalten hatte, hatte es sich angefühlt wie ein Versprechen, dass ihr nichts passieren konnte.

Das Haus lag in völliger Stille, als Stella den Flur betrat. Nachdem sie die klatschnassen Schuhe ausgezogen hatte, rannte sie hoch in ihr Zimmer, um die Kleider zu wechseln. Für einen Moment setzte sie sich auf die Bettkante und schaute zum Bullauge, wo die Zweige des alten Nussbaums gegen das Glas schlugen, als ob er anklopfen würde. Seine knorrigen Äste sahen in der hereinbrechenden Dunkelheit wie lange Finger aus. Ein Schauer lief durch ihren Körper.

Stell dich nicht so an, Stella!

Energisch sprang sie auf, um die Schultasche für den nächsten Tag zu packen. Sie blätterte das Referat kurz durch und steckte es zwischen die Schulhefte. Dann zog sie ihr Logbuch unter der Matratze hervor, in dem sie die wenigen Erinnerungsfetzen, die sie die letzten beiden Wochen überfallen hatten, eintrug. Sie nahm es mit nach unten in die Küche, wo sie die Milch aus dem Kühlschrank holte und zu einem langen Schluck ansetzte, als Freitag ihr schmeichelnd um die Beine strich. Sobald sie das Wort »Kühlschrank« dachte, war er schon da.

»Du weißt, dass du fett wirst, wenn du weiter so frisst.« Sie füllte ihm Katzenfutter in die Schüssel. »Außerdem stinkt das Futter.« Freitag schien das nicht zu stören. »Ist es dir scheißegal, was andere über dich denken?«

Ja, offenbar war es der Katze scheißegal. Sie schaute nicht einmal auf.

»Mir nicht. Mir ist es verdammt noch mal nicht egal, dass Mary mich jetzt hasst.«

Freitag schmatzte, leckte sich die Lippen, überlegte kurz, schien sagen zu wollen: »Reg dich ab.«

»Was soll ich jetzt machen?«

»Nichts? Ich soll nichts machen? Du bist mir wirklich keine Hilfe. Von mir kriegst du heute keine Leckerbissen mehr. Da kannst du Gift drauf nehmen.«

Sie nahm die Flasche Milch mit. Im Wohnzimmer schaltete sie den Fernseher ein. Auf VIVA kamen die neuesten Charts. Das Video von Marys Lieblingsgruppe lief.

Die Wahrheit ist ein Chor aus Wind.
Kein Engel kommt, um Euch zu rächen.
Diese Tage Eure letzten sind.

Wie immer war der Text düster, voller Blut und Gewalt. Plötzlich zweifelte Stella, dass Mary ihr verzeihen würde.

»Soll ich Mary anrufen?«, fragte sie Freitag, der es sich auf dem Sofa bequem machte. Nickte er oder war er am Einschlafen?

»Was, wenn sie mich abblitzen lässt? Wenn sie mich nicht erklären lässt, wie alles war?«

Ihr schien, als ob Freitag mit den Schultern zuckte. Sie schob ihn vom Sofa herunter: »Du bist mir ja eine schöne Hilfe, verdammt noch mal. Kannst du mir nicht einen Rat geben?«

Ihre Mutter, ihre Mutter hätte gewusst, was sie machen sollte. An wen sonst könnte sie sich wenden? Wen fragen? Wem ihre Sorgen erzählen?

Caro!

Seit jeher hatte sie Caro alles erzählt. Warum nicht jetzt? Sie konnte sie anrufen.

Sie holte das Telefon aus dem Flur und kuschelte sich auf das Sofa.

Draußen peitschte der Regen. Die beiden Birken, die wie zwei

Wächter das Gartentor einrahmten, neigten sich einander zu, als wollten sie sich anlehnen. Das Tor schlug gegen den Pfosten. Sie hatte es geschlossen und den Hebel vorgeschoben, oder nicht? Egal.

Sie wählte Caros Nummer. Die Freundin meldete sich sofort. Sie musste neben dem Telefon gesessen haben.

»Caro, bist du es?«

»Stella? Wie geht es dir?« Sehr begeistert klang ihre Stimme nicht. Nicht so, als hätte sie sehnsüchtig darauf gewartet, dass ihre älteste Freundin sie anrief.

»Gut.«

»Was Neues auf deiner Insel?«

Wo sollte sie anfangen? Alles war neu. »Ich war heute zum ersten Mal bei der Band. Wir haben in sechs Wochen ein Konzert.«

»Vor wem spielt ihr denn? Vor dem Klub der alten Matrosen?« Caro brach in Lachen aus.

»Ich habe meinen eigenen Song, den die Band spielt.«

»Cool. Irgendwann kommst du ganz groß raus.«

Eine Weile fiel kein Wort. Schließlich fragte Stella: »Was macht die Liebe?«

»Er hat mich geküsst.« Caro kicherte. Für einen Moment war es wie früher.

»Hat es geschmeckt?«

»Nicht wirklich.«

»Dann lass es!«

»Vielleicht muss ich noch üben.«

»Vielleicht ist er nicht der Richtige.«

Wieder Schweigen.

»Ist etwas nicht in Ordnung?«, hörte sie Caro fragen.

Freitag schreckte aus dem Schlaf, als hätte er schlecht geträumt. Er sprang auf, den Schwanz gestreckt, die Ohren gespitzt.

Stella begann ihn zu streicheln und versuchte ihn auf den Schoß zu nehmen, doch er sträubte die Haare.
»Habe ich dir von Mary Shelley erzählt?«
»Der Gothiclady?«
»Ja.«
»Was ist mit ihr?«
»Sie ist sauer«, brach es aus Stella heraus.
Aus dem Flur hörte sie ein Geräusch. War ihr Vater schon zurück? Sie lauschte. Nichts rührte sich. Sie musste sich verhört haben.
Caro hatte offenbar etwas gesagt, denn sie fragte plötzlich:
»Bist du noch dran?«
»Was? Ja, klar. Ich dachte nur, mein Vater kommt nach Hause.«
»Ich habe gefragt, warum sie sauer ist.«
»Sie ist in einen Typen verknallt, und denkt, ich habe was mit ihm?«
»Hast du?«
»Nein«, rief Stella entrüstet.
Unwillkürlich dachte Stella an Robins Arm um ihre Schultern. Es war nicht dasselbe wie ein Kuss, aber es hatte sich gut angefühlt. Sofort schob sie den Gedanken wieder beiseite und dachte an Mary.
»Ist er cool?«, fragte Caro.
»Hm.«
»Also ja.«
»Er ist der Gitarrist in der Band.«
»Also Jonas, der ist ein Superschwimmer. Du müsstest ihn mal sehen. In seinem einteiligen Schwimmanzug. Rot! Stell dir das mal vor.«
Ging jemand die Treppe hoch? Stellas Herz klopfte. Mary hatte gesagt, im alten Haus würde es spuken. Gehörten dazu Schritte und knarrende Stufen?

»Hörst du mir eigentlich zu?«, fragte Caro am anderen Ende entrüstet.
»Was hast du gesagt?«
»Bist du ihn in verknallt?«
«Nein.«
»Ich bin total verknallt.« Das war ja nichts Neues. Seit einem Jahr drehte sich bei Caro alles um irgendeinen Typen.
»Sein Foto liegt unter meinem Kopfkissen«, hörte Stella sie sagen.
»Bringt das was?«
Caro kicherte. »Süße Träume.«
Jetzt waren die Schritte oben im ersten Stock. Sie gingen Richtung Dachboden.
»Also, was ist mit dieser, sie heißt Mary, oder?«
»Eigentlich Antje, aber sie will Mary genannt werden . . .«
»Sie ist mit Sicherheit verrückt. Wenn sie zickt, schieß sie in den Wind. Die sind sowieso alle irre in dieser Szene. Allein schon die Musik, die sie hören.«
Plötzlich hoffte Stella, dass ihr Vater endlich nach Hause kam. Noch nie hatte sie solche Sehnsucht nach ihm gehabt. Nicht einmal, als er für zwei Monate mit der Nordstern unterwegs gewesen war. Über Weihnachten und Silvester. Damals hatte sie sich vorgestellt, dass ihr Vater auf dem Deck des Schiffes stand, inmitten der weißen Wüste. Jetzt war er nicht mehr als fünf Kilometer von ihr entfernt, doch es kam ihr weiter vor.
Wieder ein Knacken. Oder doch ein Schritt? Oder einfach der Wind, der der Insel keine Ruhe ließ? Draußen prasselte der Regen. Stella sah zu, wie Hagelkörner auf dem Fensterbrett aufschlugen.
»Aber sie ist die Einzige, die mit mir spricht«, hörte sie sich sagen.
»Warum sagst du ihr nicht, dass du nichts von diesem Robin willst? Ruf sie an.«

»Ich glaube nicht, dass sie mir zuhört. Sie war so wütend.«
»Schick ihr eine SMS.«
»Ich weiß nicht, ob sie überhaupt ein Handy hat.«
»Dann schreib ihr eine Mail.«
Eine Mail? Das war eine gute Idee. Sie könnte alles erklären.
Eine Tür schlug zu. Irgendwo zog es. Stand ein Fenster offen? Hinterkopfgefühle. Sie wollten ihr etwas sagen. Nur was? Wo hatte sie dieses Geräusch schon einmal gehört?
»Du hast recht. Das mache ich.«
»Na also.«
»Danke für den Rat.«
»Nichts zu danken. Noch ein Tipp: Falls dieser . . . wie heißt er?«
»Robin.«
»Wie Robin Hood? Ach du meine Güte . . . also, wenn er versucht, dich zu küssen, und es gefällt dir nicht, sag ihm, du hättest schon gegessen.«
Als Stella auflegte, musste sie unwillkürlich grinsen. Caro war unbezahlbar. Aber sie wusste, ihr erster Kuss würde anders werden. Denn bei ihr durfte die Liebe nicht nur ein Experiment sein, sondern sie musste verliebt sein, bevor sie einen Jungen küssen konnte.
Stella lauschte in den Flur. Kein Geräusch war zu hören. Sie musste sich getäuscht haben. Mary hatte ihr gesagt, dass es im Haus spukte. Aber es war ihre Fantasie, die ihr einen Streich spielte. Ihre Nerven waren überreizt und ihr Gedächtnis lief sowieso nur noch auf Standby.
Der Computer stand im Arbeitszimmer ihres Vaters. Sie schaltete ihn an, tippte ihr Passwort ein. Mary hatte ihr einen Zettel gegeben mit ihrer E-Mail-Adresse und den Zugangsdaten für den Chatroom. Bisher hatte sie es noch nicht versucht. Aber jetzt war die Gelegenheit dazu.
Es ging ganz einfach. Niemand war online. Sie war ganz allein

im Chatroom. Auf der Hauptseite wurde sie von einem Mangamädchen begrüßt, das Ähnlichkeit mit Mary hatte. Als Erstes musste sie einen Namen wählen: Robinson. Auf dem Bildschirm erschien:
Hallo Byronfan, du heißt Robinson?
Ja, tippte Stella.
Wem willst du eine Nachricht schicken?
Stella rief die Liste der User auf, in der sich lediglich ein Name fand: Mary Shelley. Sie klickte ihn an und begann ihre Nachricht einzugeben.
Alles ein Missverständnis mit Robin. Hatte nur eine Erinnerung . . . du weißt schon, meine Mutter. Wirklich. Sonst war nichts. Kannst du mir glauben. Bis morgen in der Schule.
Robinson Crusoe
Erleichtert schickte sie die Nachricht ab. Mary würde es schon verstehen, dass sie nichts von Robin wollte. Obwohl er verdammt cool war.

Jetzt endlich konnte sie sich entspannt vor den Fernseher legen. Ihr Vater würde wie immer erst gegen acht Uhr zurück sein. Sie schaltete den Apparat an. Freitag strich unruhig um sie herum.
»Hast du schon wieder Hunger?«
Er schien mit dem Kopf zu schütteln. Sie spürte, wie sein Fell vibrierte, als er den Körper an ihr Bein presste.
Seine Ohren waren gespitzt.
Was hatte er nur?
Dann hörte sie es auch. Diesmal ganz deutlich. Schritte auf dem Flur.
Ihr Herz schlug laut. Das Blut rauschte in ihren Ohren. Ihr war eiskalt. Langsam ging sie Richtung Wohnzimmertür. Wieder ein Geräusch.
Ein Einbrecher?

War das eine Autotür, die zufiel?
Waren sie zu zweit?
Was sollte sie tun?
Als Erstes das Licht löschen. Nun stand sie völlig im Dunkeln. Sie war hier draußen ganz allein. Der nächste Nachbar wohnte mindestens einen halben Kilometer weit weg. Aber sie hatte das Telefon. Wie war die Nummer ihres Vaters?
Freitag miaute laut.
»Pst, sei leise!«
Sie tastete sich zur Tür und hielt einen Moment inne. Wieder maunzte Freitag.
Wieder zischte sie: »Pst!«
Ohne Zweifel. Immer noch war jemand im Flur.
Ihr Herz schlug.
Ihr Kopf dröhnte wie nach dem Aufwachen im Krankenhaus.
Automatisch griff ihre Hand nach dem Türdrücker.
Was machst du da, Stella?
Ein weit entfernter Gedanke.
Nicht mehr als ein Echo der Angst. Schon verhallt, noch ehe zu Ende gedacht. Sie öffnete die Tür und erschrak vor dem Licht. Eine gebückte Gestalt stand an der Haustür. Stella hatte nichts, womit sie dem Eindringling auf den Kopf schlagen könnte. Mit Verwunderung stellte sie fest, dass sie fähig dazu wäre. Sie könnte ausholen und kräftig zuschlagen. Mit einem Buch, einer Statue, sogar einem Hammer. Damit die Angst aufhörte, die ihren Kopf zum Zerspringen brachte.
Viel Ruhe, hörte sie den Arzt sagen, *dann wird sich die Erinnerung schon wieder einstellen. Aber jede Aufregung oder ein Schock kann gefährlich werden. Passen Sie gut auf sie auf.*
Daraufhin hatte ihr Vater etwas geantwortet, das Stella nicht aus dem Kopf ging, obwohl sie so getan hatte, als ob sie nicht zuhörte.

»Ich wäre froh«, hatte er gesagt, »wenn ihre Erinnerung zurückkäme, vielleicht könnte ich dann verstehen, warum meine Frau gegen diesen Baum gefahren ist. Auf offener Strecke. Ganz plötzlich. Scheinbar ohne Grund.«

In diesem Moment drehte sich die Gestalt zu ihr um. Ein Mann. Er trug eine Kapuze über dem Kopf. Wie im Film. Als liefe alles nach Drehbuch. Sie müsste jetzt schreien und brachte keinen Laut hervor. Ihre rechte Hand krallte sich in die linke. Die Katze schoss an ihr vorbei und jemand rief: »Freitag.«

Diese Stimme. Sie war ihr vertraut. Vertraut. Alles war in Ordnung. In Ordnung.

»Stella, was ist mit dir?«, rief ihr Vater. »Du bist ja kreidebleich.«

ZWÖLF

Wann war ihr Vater jemals an Stellas Bett gesessen, geschweige denn, dass er ihre Hand gehalten hatte?
Nur im Krankenhaus. Ansonsten kannte sie so etwas ausschließlich aus Filmen. Da kamen die Väter ins Zimmer, setzten sich ans Bett, schauten melancholisch und fragten: *Wollen wir darüber reden?*
Wenn sie nicht schon vierzehn wäre, würde sie jetzt weinen. Aber so.
Oder wenn Mama ... aber ihre Mutter war irgendwo dort draußen. Ihr Vater hatte unrecht. Nicht der Weltraum, nicht das Meer waren das größte Geheimnis der Welt. Topsecret war allein die Frage, wo ihre Mutter jetzt war. Es war sicher nicht so, dass sie mit Sven auf dem Schoß im Himmel saß. Das glaubte ja wohl niemand.
Sie zog ihre Hand aus der ihres Vaters. »Schon okay«, murmelte sie, »Ich habe für einen Moment geglaubt, es wäre ein Einbrecher. Du hattest die Kapuze so tief ins Gesicht gezogen, als hättest du gerade eine Bank überfallen.«
»Es regnet. Wenn es weiter so gießt, schwemmt es die ganze Insel weg«, antwortete Johannes, versuchte ein Lächeln und fragte: »Wo möchtest du angeschwemmt werden, wenn es so weit ist?«
»Zu Hause.«
»Du bist jetzt hier zu Hause.«
»Bin ich nicht.« Sie zögerte kurz: »Du etwa?«
Ehrlich gesagt, sie glaubte, er hätte am liebsten NEIN gesagt.

Aber wenn Erwachsene Eltern spielen, dann fangen sie an, Märchen zu erzählen.

»Ich fühle mich sehr wohl hier.« Er suchte in ihren Augen nach Bestätigung, doch sie wusste, dass er sich selbst belog.

»Ich meine, das Haus ist toll, oder?«

Die zweite Lüge!

»Wir müssen einen Neuanfang machen.«

»Robinson Crusoe wollte auf seiner Insel auch keinen Neuanfang machen«, murmelte Stella. »Er wollte einfach nur nach Hause.«

»Ich muss mich mehr um dich kümmern.« Er machte wieder dieses besorgte Gesicht, sodass sie sofort das Gefühl hatte, sie müsse ihn trösten.

»Nein. Ich komme klar. Es war jemand im Haus. Ganz sicher.«

»Na ja, ich wohne auch hier.«

»Aber ich habe schon vorher Schritte gehört. Da war jemand.«

»Stella.« Er wurde ungeduldig. Die Ader an seiner Stirn trat hervor. Mit der Hand fuhr er sich nervös durchs Haar. »Das ist ein altes Haus. Hier knarrt es überall. Im Dachstuhl, im Fußboden. In den Türen hausen vermutlich Holzwürmer. Ganz abgesehen vom Wind. In deinem Zimmer stand das Fenster offen. Ich habe dir gesagt, du sollst es zumachen, bevor wir zur Schule aufgebrochen sind. Wenn ein Unwetter kommt . . .«

»Ich habe es zugemacht.«

Er schaute sie wortlos an.

»Glaubst du mir etwa nicht?«

»Schon gut, reg dich nicht auf, du hast es vergessen.«

»Hab ich nicht.«

»Ist ja schon gut.«

»Da war jemand.« Trotzig verschränkte sie die Arme und fuhr fort: »Ich habe nur mein Gedächtnis verloren, nicht meinen Verstand.«

»Reg dich nicht auf.«
»Reg dich nicht auf«, äffte sie ihn nach. Seinen traurigen Blick konnte er sich sonst wohin stecken. »Ich hasse dieses Haus, ich hasse den Wind, ich finde Holzwürmer zum Kotzen. Ich will weg von dieser Insel. Wann geht das nächste Schiff?«
»Morgen früh.«
»Dann fange ich jetzt an zu packen.« Sie wollte aus dem Bett springen.
Ihr Vater sah sie hilflos an.
»Du glaubst mir nicht«, rief sie, » aber weißt du eigentlich, wie das ist, wenn immer wieder jemand anruft und, sobald ich abnehme, auflegt?«
»Jemand hat sich verwählt«, versuchte er sie zu beruhigen.
»Jeden Mittag gegen vierzehn Uhr?«
»Wann?«
»Vierzehn Uhr.«
Warum runzelte er die Stirn? Als ob ihm ein Gedanke käme.
»Dr. Mayer hat gesagt, dass du noch sehr . . .«
»Was sehr? Sehr verrückt bin?«
»Nein, dass du übersensibel bist, auch was äußere Reize betrifft. Dein Gehirn arbeitet daran, sich zu erinnern. Dein Gehör, dein Geruchssinn, deine Sinne sind überempfindlich. Das ist ganz normal. War heute etwas in der Schule? Hast du dich über etwas aufgeregt? Wie war es denn mit der Band?«
Er versuchte abzulenken. Es war sinnlos. Er war keine Hilfe.
»Nein, alles wunderbar. Geradezu hyperkrasssupergenial.«
Er kapierte wie immer gar nichts. Die Vermehrung von Bakterien im Packeis. Darüber wusste er alles, aber seinen eigenen Nachwuchs kannte er allenfalls vom Ansehen. Genauso gut könnte sie im Käfig sitzen und er sie im Zoo besuchen.
Sie schwiegen. Sie wütend. Er unsicher.
»Hausaufgaben gemacht?«, fragte er schließlich.

»Hm.« Sie verschränkte die Arme.

Erwachsene konnten im unglaublichsten Moment anfangen, von der Schule zu reden. Die Welt könnte untergehen und sie würden immer noch fragen, ob alle Hausaufgaben erledigt seien.

»Was ist mit deinem Referat? Möchtest du es mir noch einmal zeigen?«

Sie schüttelte energisch den Kopf. »Bin müde.«

Er erhob sich erleichtert. »Schlaf gut. Morgen sieht die Welt schon wieder anders aus.«

»Die Welt ändert sich nicht, nur das Wetter.«

Das hatte ihre Mutter immer gesagt, wenn er sich über etwas allzu sehr aufgeregt hatte. Die Politik, die Umweltzerstörung, Krieg, Hunger.

»Morgen soll es schön werden«, antwortete er mit einem Lächeln.

»Fahren wir am Wochenende zu Oma? Du hast es mir schon lange versprochen.«

Sein schlechtes Gewissen war unverkennbar. »Ach ja, das habe ich dir noch nicht gesagt, aber ich muss für ein paar Tage weg.«

»Wohin?«

»Aufs Festland.«

»Warum?«

»Beruflich.«

Augenblicklich wusste Stella, dass er ihr etwas verschwieg.

»Was ist los?«

»Nichts. Ich muss nach Bremen ins Institut.«

»Dann kann ich zu Oma!«

»Nein.«

»Warum nicht?«

»Du hast Schule. Pat kommt.« Er sah erleichtert aus. »Es ist wirklich nett von Pat, dass sie alles stehen und liegen lässt, damit du nicht alleine bist.«

»Ja, ich weiß.« Für einen Moment beruhigte sich Stella, bevor wieder der Gedanke an den heutigen Abend hochkam.

»Aber ich will trotzdem lieber bei Oma wohnen.«

»Dieses Haus ist jetzt dein Zuhause.«

»Aber . . .«, Stella überlegte, welche Gründe sie nennen könnte, damit ihr Vater sie mitnahm. Sie hatte keine. Außer der Sehnsucht nach ihrer alten Schule und dass sie nicht wollte, dass ihr Vater wegfuhr.

»Ich will nicht hier auf dieser Insel wohnen. In diesem seltsamen Haus. Ich möchte zurück nach Bremen.«

»Das geht nicht.«

»Warum nicht?«

»Ich . . .«, er brach ab und schwieg.

»Mann, auf der Insel«, sagte sie »ist absolut nichts los. Da bewegt sich so wenig, dass ich nicht einmal glaube, dass sich hier die Erde dreht. Ich meine, diese Sanddünen . . .! Das sagt doch alles. Sand. Jedes Korn hat dieselbe Farbe. Alle sind gleich und zusammen sind sie nichts als Dreck.«

Ihr Vater starrte sie mit gerunzelter Stirn an. »Früher hast du das Meer gemocht. Du wolltest nie woanders hin. Weißt du noch, was ich dir über das Meer gesagt habe . . .«

»Ja, ja. Das Meer ist ein größeres Geheimnis als der Weltraum. Doch, weißt du, was, ich bin jetzt groß. Ich mag keine Geheimnisse mehr. Ich glaube auch nicht mehr an den Weihnachtsmann.«

»Früher . . .«

»Früher war früher. Jetzt ist jetzt. Was soll ich denn hier mit meinem Leben anfangen? Ich bin zu jung, um mich hier zu vergraben.«

Hilflos nahm er die Brille ab. »Ach, Stella«, sagte er mit einem

traurigen Unterton in der Stimme. »Ich dachte, wir wären uns einig. Ich kann dich nicht mitnehmen. Und zu Oma ziehen? Nein, das geht nicht. Ihre Wohnung ist viel zu klein und sie ist zu alt, um sich um dich zu kümmern. Hier hast du alles. Diese neue Freundin, deine Gitarre und . . . Freitag. Den könntest du zu Oma auch nicht mitnehmen.« Resigniert hob ihr Vater die Schultern. »Vielleicht sollte ich nicht fahren.«
Ohne Freitag? Nein, ohne Freitag würde sie nirgendwohin gehen. Und es war nicht fair, ihren Vater in einen Gewissenskonflikt zu stürzen. Stella wusste selbst nicht, weshalb sie plötzlich nicht wollte, dass er fuhr. Er hatte ja recht, es gab noch Freitag. Und sie war nicht allein. Pat kam und würde sie verwöhnen. Sie schob sich ein Lächeln ins Gesicht, von dem ihre Mutter gleich gewusst hätte, dass es falsch war. Ihre Mutter hätte sie nie und niemals täuschen können. Irgendwie war es langweilig und gleichzeitig erschreckend, dass niemand mehr da war, der sie so gut kannte, dass es eine Herausforderung war, ihn hinters Licht zu führen. Das warf einen ganz schön aus der Bahn.
»Woher kannte Mama eigentlich Pat?«
»Wie kommst du darauf?«
»Woher kannten sie sich?«
»Sie sind zusammen zur Schule gegangen, soweit ich weiß.«
»In Kiel?«
»Ja, Pat ist bei ihrer Großmutter aufgewachsen. Ihr habe ich es zu verdanken, dass ich . . .«, er stockte, »dass ich Kerstin kennengelernt habe.«
»Warum?«
»Du weißt ja, dass Pat die Übersetzungen für unser Institut macht.«
»Ja.«
»Deine Mutter, Kerstin, war für zwei Jahre in England. Als sie zurückkam, suchte sie Arbeit. Pat hat sie mir vorgestellt . . .«

»Und dann hast du dich in sie verliebt.«
Er nickte.
»War Mama schön?«
Er atmete tief durch. »Das war sie.«
»Kennst du Pat schon lange?«
»Schon ewig und ich bin ihr sehr dankbar. Ohne sie wüsste ich nicht ... Sie hat nach dem Unfall ... sie hat so viel für uns getan. Dieses Haus zum Beispiel.«
»Schon okay, es ist einfach alles fremd. Außerdem«, Stella grinste, »vergesse ich ja schnell.«
Für einen Moment schwiegen sie beide. Sie hatte das Gefühl, als wolle ihr Vater ihr eine Frage stellen, es sich dann aber doch anders überlegte. Er schwieg wie ihr Gedächtnis. So sollte es auch bleiben, daher drehte sie sich zur Wand und murmelte: »Sieh zu, dass du die Weltmeere rettest. Schließlich schrumpft die Insel jährlich um ein bis zwei Meter. Habe ich heute Morgen in der Schule gelernt.«
»Ich tue, was ich kann«, antwortete er erleichtert, während Stella dieses merkwürdige Gefühl nicht loswurde, dass sie sich an seine Hand klammern wollte und er an ihre.

Alles bei Pat ist blau oder weiß. Meine Mutter geht durch die Räume und schwärmt: »Mensch, Pat, das ist ja traumhaft. Wie in einer Zeitschrift. Ach, wie freue ich mich, bei dir zu sein. Wie in alten Zeiten. Gut siehst du aus. Du hast abgenommen.«
»Das hat ja lange gedauert, bis du das gemerkt hast. Offensichtlich hast du nur noch deine Familie im Kopf und bist dabei, mich zu vergessen.«
»Wie könnte ich dich vergessen.«
»Ja, mir geht es sehr gut«, antwortet Pat.
»Du strahlst ja richtig. Bist du etwa verliebt?«
Pat lächelt.

»Du bist verliebt«, ruft meine Mutter. Sie brechen in hysterisches Kichern aus.

Also war alles in Ordnung gewesen.
Zumindest an diesem ersten Abend, oder? Aber warum hatte Stella dann so ein Gefühl im Bauch? Warum wurde es an dieser Stelle wieder dunkel? Welchen Grund gab es denn, schon diesen ersten Abend zu vergessen?

Ich packe meinen Koffer aus und gehe mit dem MP3-Player hinunter in die Küche. Meine Mutter hat Sven auf dem Schoß und wippt ihn auf den Knien.
»Ist ihr das Ding angewachsen?«, lacht Pat.
»Nimm es ab«, sagt meine Mutter. »Kannst du nicht einmal an etwas anderes als Musik denken?«
»Warum sollte ich?«
»Bitte nimm das Ding ab.«
»Ich glaube, es ist wirklich festgewachsen.«
Pat zwinkert mir verschwörerisch hinter dem Rücken meiner Mutter zu und sagt laut: »Lass sie doch, Kerstin. So sind sie eben in dem Alter. Je mehr du dich aufregst, umso schlimmer wird es.«
Pat will Mama beruhigen, aber sie erreicht das Gegenteil. Ihr Gesicht bekommt wieder diese Falten, wie wenn sie auf dem Kriegspfad ist und plötzlich denkt, sie muss mich erziehen. »Nein. Sie ist dein Gast und soll sich auch so benehmen.«
»Es redet doch sowieso keiner mit mir«, maule ich.
Meine Mutter legt ihre Lippen auf Svens Kopf und gibt ihm einen Kuss. Ich freue mich, dass er sich freikämpft. Das sieht ein bisschen aus, als ob er zu mir hält. Vielleicht kann ich ihn doch gebrauchen. Um sich keine Blöße zu geben, seufzt sie und wirft Pat einen dieser Blicke zu, mit denen sie sich auch für die Unordnung in unserem Haus entschuldigt. Ich komme mir vor wie der Restmüll. Sie spult das kom-

plette Programm ab: Stirnrunzeln, Augenbrauen hochziehen, seufzen.
Pat beobachtet uns beide neugierig und lächelt. Meine Mutter ärgert sich immer noch. Sie presst Sven wie einen Schutzschild fest an sich. Mein Bruder lacht mich an und hebt die Hand mit dem Löffel.
Werde schnell groß, möchte ich ihm zuflüstern. Ich brauche deine Hilfe.
Wie um mir zuzustimmen, schlägt er immer wieder mit dem Löffel auf den Tisch. Eine Tasse fällt um. Sie ist blau. Pat holt tief Luft.
»Macht nichts«, sagt sie beherrscht.
Meine Mutter erhebt sich und drückt mir Sven auf den Schoß. »Bring ihn ins Bett.«
»Muss ich?«
Sie fasst sich mit der flachen Hand an die Stirn.
»Keine Widerrede. Ich möchte mich mit Pat unterhalten. Wir haben uns schon so lange nicht mehr gesehen.«
Sie wollen also allein sein. Da hätte ich auch bei Oma bleiben können. Ich bin sauer. Ziemlich. In diesem Zustand hasse ich alle und jeden. Ich schnappe Sven, der anfängt zu brüllen. Als ich ihm die Kopfhörer aufsetze, beruhigt er sich. Seine Augen sind so groß und dunkel wie Musiknoten. Ich ziehe ihm eine frische Windel an. Er strampelt mit den Füßen in der Luft. Im Rhythmus der Musik. Ich wusste es. Er ist musikalisch. Dann lege ich mich neben ihn ins Bett und singe ihm vor. Es dauert nicht lange, bis er schläft.
Ich schließe auch die Augen. Doch etwas stört mich. Es dauert lange, bis ich verstehe, was. Der Wind flüstert durchdringend. Als ob er Vorträge hält. Laut scheppernd schlägt der Fensterladen gegen die Hauswand. Der richtige Rhythmus für einen Rap. Ich öffne das Fenster, um den Fensterladen zu schließen. Direkt unterhalb des Gästezimmers sitzen Pat und meine Mutter. Genau kann ich nicht verstehen, was sie sagen. Vielleicht täusche ich mich auch, und es ist der Wind, der pfeift. Als ob er weint. Oder wie Katzen draußen in der Nacht jaulen.

Jetzt schlägt das Fenster gegen den Rahmen. Der Wind heult und der Wecker tickt laut. Es ist vor allem Pat, die redet. Ich warte darauf, dass sie beide laut loslachen. Wie immer, wenn sie sich unterhalten. Sie lachen die ganze Zeit und ich verschwinde dann immer so schnell es geht. Wenn ich mich so benehme, schüttelt meine Mutter den Kopf und meint, dass es die Pubertät sei. Was ist es bei ihnen? Die Wechseljahre?
Doch an diesem Abend lachen sie nicht. Nicht der Wind flüstert, sondern Pat. Worüber reden sie bloß? Ich bin neugierig, denn ich kann mir genauso wenig vorstellen, dass meine Mutter ein Leben vor der Geburt ihrer Kinder hatte, wie ich an ein Leben auf dem Mars glaube.
Plötzlich schlägt mein Herz laut, denn nicht der Sturm heult, sondern meine Mutter weint.
»Ich konnte dir das doch nicht am Telefon sagen«, höre ich Pat wispern.
Was konnte sie nicht am Telefon sagen?
Wieder schlägt der Fensterladen an die Wand. Dieses blöde Ding.

DREIZEHN

Als Stella am nächsten Morgen erwachte, hingen nur Kondensstreifen am Himmel, nicht mehr als Staubflusen auf dem sauberen Blau. Helles Licht drang durch das Bullauge. Kein Wind bewegte die Äste des Nussbaums. Kein Blatt regte sich. Sie fühlte sich plötzlich erleichtert, als würde sie direkt über diesen blauen Himmel segeln.
Als sie aus dem Bett sprang, griff sie daher als Erstes nach ihrer Kapitänsmütze, die auf dem Stuhl lag, und stülpte sie über den noch schlafenden Freitag. Stella sah zu, wie die Mütze sich bewegte und der völlig darunter verschwundene Freitag versuchte, sich zu befreien. »Aufstehen!«, rief sie. »Die Sonne scheint! Dass Väter immer recht haben müssen. Die Welt sieht heute morgen tatsächlich anders aus!«
Fast schien es, als zuckte Freitag mit den Schultern. Zumindest sein Schwanz zitterte leicht vor Gleichgültigkeit, als wolle er sagen: »Reg dich ab. Die Sonne, na und?«
»Dir kann das egal sein. Du darfst ja den ganzen Tag zu Hause spielen.« Ihre Füße fuhren in die Hausschuhe. Müde tappte sie zum Bullauge und schaute hinaus. Leichter Tau lag wie eine Schutzfolie über dem Rasen unter dem Fenster. Das war alles, was vom Regen in der letzten Nacht übrig geblieben war. Am Himmel aber stand eine große Sonne, die die Landschaft in ein helles Licht tauchte. Unten hörte sie das Telefon klingeln. Sie lauschte. Die schweren Schritte ihres Vaters bewegten sich langsam Richtung Flur.
Sie öffnete die Tür, um nach unten zu gehen. Es wurde Zeit.

Schließlich war sie heute mit ihrem Referat an der Reihe. Sie hörte ihren Vater sprechen. Immer wenn er etwas sagte, klang es wie das Knurren ihres Magens. Mein Gott, seit gestern Mittag hatte sie nichts mehr gegessen.
Sie war bereits drei Stufen nach unten gegangen, als sie hörte: »Wir hätten nicht hierherziehen sollen. Vielleicht wäre die gewohnte Umgebung doch besser gewesen. Sie ist so nervös...«
Sein Gesprächspartner unterbrach ihn. Er hörte eine Weile zu und erklärte dann: »Sie hat Angst, alleine im Haus zu sein. Sie zieht sich zurück.«
Wieder wartete er die Antwort ab. »Nur dieses seltsame Mädchen ... aber ich vertraue ihr. Sie hat eine gute Menschenkenntnis. Darauf war Kerstin immer stolz.«
...
»Wenn du meinst.«
...
»Das wäre natürlich toll ....«
...
»Glaubst du nicht, dass eine Therapie ihr Gedächtnis ...« Wieder wurde er unterbrochen.
...
»Nein«, sagte er »ich glaube nicht, dass sie sich an etwas erinnert.«
...
»Ihr Tagebuch?«
...
»Nein, das würde ich nie ...«
....
»Du meinst, sie bildet sich die Telefonanrufe ein?«
...
»Ich weiß nicht.«
Stella hatte es satt, dass über sie gesprochen wurde. Ganz ab-

gesehen davon, dass sie wütend war. Aber so etwas von wütend. Das also war ihr Vater. Er verbündete sich gegen sie. Vermutlich war das Pat am Telefon.
Ist das die Freundin deines Vaters?, hörte sie Mary wieder sagen. Ihr Fuß stampfte auf der nächsten Stufe auf. Stella konnte zwar nicht ändern, was die Erwachsenen über sie dachten, doch ihr Gespräch unterbrechen konnte sie. Sie rannte die Treppe hinunter. Als ob sie so super gelaunt sei, wie ihr Vater es ihr vorhergesagt hatte.
»Tolles Wetter!«, rief sie und stürmte an ihm vorbei.
Er war so erschrocken, dass er fast das Telefon fallen ließ.
»Ich muss Schluss machen«, sagte er.
Stella griff nach ihrer Schultasche und rannte zur Tür hinaus.
»Dein Frühstück!«
»Keinen Hunger!«
Bevor er noch etwas sagen konnte, saß sie bereits auf dem Rad und trat in die Pedale. Die Sonne hatte heute Morgen falsche Versprechungen gemacht – wie die Erwachsenen. Deren Vorträge klangen wie ein schlechter Rap. Immer nur eine Zeile.
Wird schon wieder. Neuer Tag. Alles gut. Hausaufgabe?
Hausaufgabe? Alles gut. Neuer Tag. Wird schon wieder.
Pat schien immer genau zu wissen, wann etwas nicht in Ordnung war. Sie schien es zu spüren. Hatte sie den siebten Sinn? Einen siebten Sinn, der sie ahnen ließ, wenn sich auf der Insel im Hause Norden etwas zusammenbraute?
Noch dazu stand ihr heute die Begegnung mit Mary bevor. Sie hoffte, dass sie die Mail gelesen hatte und verstand, dass alles ein Missverständnis gewesen war.

Als Stella sich im Klassenzimmer neben Mary setzte, schwieg diese jedoch beharrlich. Die Musik aus ihren Kopfhörern dröhnte so laut, dass Stella jedes Wort des Textes verstehen konnte. Das gab keinen Anlass zu hoffen, dass Mary das Kriegsbeil begraben würde. Sie schaute sie nicht einmal an, sondern kritzelte desinteressiert stumme Mangas mit grimmigem Gesichtsausdruck in ihr Englischbuch. Die Figuren wirkten wie eine Drohung, als wollte Mary ihr damit etwas sagen.

Als Robin zur Tür hereinkam, beugte sich Stella rasch zu ihrer Tasche hinunter. Auf keinen Fall wollte sie, dass er sie ansprach. Das wäre voll peinlich, würde die Gerüchte in der Klasse auf den Gipfel treiben und Mary würde sie endgültig als Verräterin verachten. Aus den Augenwinkeln sah sie, dass er auf sie zukam. Stella schaute nicht auf, sondern zog den Stapel Hefte hervor. Ihr Referat musste irgendwo dazwischengeraten sein.

Robin blieb an ihrem Tisch stehen. »Gut nach Hause gekommen gestern?«

Sie hob kurz den Kopf. Das verdammte Referat war verschwunden.

»Was ist los?«, fragte er.

»Lass mich in Ruhe«, zischte sie.

Irritiert zuckte er mit den Schultern und ging weiter. Das Referat allerdings blieb verschwunden. In fünf Minuten würde Frau Claasen die Klasse betreten, die grauen Haare hoch aufgetürmt wie die Zinnen einer mittelalterlichen Burg, und Stella auffordern, nach vorne zu kommen. In ihrem mittelalterlichen Englisch, das nichts gemein hatte mit der Sprache, die Stella aus den Musikcharts kannte. Frau Claasen war bei Shakespeare stehen geblieben. In jeder Beziehung.

»Good Morning, boys and girls. How do you do?«

»Good morning, Mrs Claasen. Very well, thank you.«

Shit, dachte Stella, das Referat ist weg. Es hat sich in Luft aufgelöst.

»Sit down, please.«

Die Klasse setzte sich geschlossen.

»Today«, begann Frau Claasen und das y in today schwang bedrohlich nach wie der Klang einer Buschtrommel. »Today we will hear a presentation about Daniel Defoe and his novel Robinson Crusoe. Please Stella!«
Stella stand auf. Ihr Referat war verschwunden. Hatte sie es auf dem Schreibtisch liegen lassen? Was war mit ihr los? Entstanden da in ihrem Kopf neue Gedächtnislücken? Unbewohnte Inseln?
Nur den Anfang hatte sie noch im Kopf:
Robinson Crusoe was the son of a merchant from Bremen, who settled in York. Love of adventure turns him into a sailor. He makes a couple of trips to Africa and . . .
Das war alles. Stella brach ab. Mehr fiel ihr nicht ein.
Die Claasen schaute sie abwartend an. Die dicken Brillengläser nahmen Stella wie zwei Lupen intensiv in Augenschein. Als sie nicht weitersprach, griff Frau Claasen ungeduldig nach ihrer Brille, nahm sie ab und sagte in diesem Oxfordton »Please«. Als Stella weiter schwieg, wiederholte sie »Please«.
Einige in der Klasse begannen zu kichern. Vanessa drehte sich zu ihr um. Ihre Zahnspange war so hässlich wie Monsterzähne. Stahlfresse, kam Stella in den Sinn. Das nächste Mal, wenn sie so grinst, sage ich einfach Stahlfresse zu ihr. Das Wort ging ihr einfach nicht mehr aus dem Sinn. Stahlfresse. Stahlfresse.
Wieder ertönte das drohende »Please« der Claasen und gleich darauf die Frage »What's the matter?«.
»Ihr Gedächtnis hat jetzt wohl endgültig den Geist aufgegeben«, hörte sie Mary neben sich sagen. »Crash in der Festplatte.« Mary klopfte sich an die Stirn. »Wo nichts mehr ist, hilft auch kein Neustart mehr.«
Die Klasse brach endgültig in Gelächter aus.
Da war es wieder. Ganz deutlich. Ihre Gedanken schweiften ab. Sie betrat eine neue Insel ihrer Erinnerung.

Stella.
Stella.
So leise wie Vogelgezwitscher.
»Ich muss, glaube ich, anhalten«, sagt meine Mutter. Sie fasst sich an die Stirn. Doch es kommt kein Parkplatz. Meine Mutter fährt und fährt. Sven brüllt. Die Sonne scheint ihm direkt ins Gesicht. Sein Kopf ist zur Seite gerutscht. Seine Stirn schweißverklebt. Ich sehe, wie die Hände meiner Mutter zittern. Sie schlagen auf das Lenkrad. Der Wagen schlingert leicht.
»Bitte, versuch ihn zu beruhigen«, ruft sie.
»Mama, halt an. Du musst anhalten.«
Ich sehe noch, wie sie weiß wird im Gesicht, als ob jemand ein Tuch über sie breitet. Ein weißes Leinentuch.
Ich versuche mich abzuschnallen und sage die ganze Zeit: »Sven, sei ruhig, ist ja schon gut.«
Plötzlich lässt meine Mutter das Steuer los.
Die Augen meines Bruders sind groß und er schaut mich an, als ob er sagen will: Mach was. Du bist groß. Du bist meine große Schwester. Sein Gesicht ist rot vor Anstrengung. Dann verschwindet es in einem Dunkel, das laut ist und schrecklich wehtut.
Stella.
Jemand ruft mich.
So leise wie Vogelgezwitscher.
Stella. Stella.
Stella.
Jemand ruft mich.
So leise wie Vogelgezwitscher.
Stella. Stella.

Stella presste die Fingerspitzen an die Stirn, als könnte sie sich so besser erinnern. Doch irgendetwas war blockiert. Die Verbindung kam nicht zustande.

Stella. Stella.

Langsam drang die Stimme der Lehrerin zu ihr durch.
»Stella! What's the matter?«
Plötzlich nahm Stella wahr, wo sie sich befand. Auf der Insel. In ihrem Klassenzimmer. Das Referat.
Ihr Herz klopfte laut. Das Blut rauschte in ihren Ohren. Wenn sie hier noch länger stand, würde sie wegkippen. Einfach so.
»Excuse me«, stotterte Stella, »I feel ill.«
Ohne die Antwort abzuwarten, packte sie ihre Tasche und rannte aus dem Raum.

VIERZEHN

Diese Blamage.
Stella zog die Decke über den Kopf.
Der Horror!
Der absolute Crash. Sie hatte sich total blamiert. Nicht nur vor der Claasen, auch vor den anderen. Sie hatte tierisch Angst vor dem Referat gehabt. Schließlich war sie nicht gerade unsichtbar, wenn sie vor der Klasse stand, den Blicken der Haifische preisgegeben, ihnen geradezu in den Rachen schwimmend.
Diese Blamage. Diese totale Blamage.
Dabei konnte sie sich genau erinnern, dass sie das Referat in ihre Tasche gesteckt hatte.
Kannst du das wirklich?, fragte eine andere Stimme in ihrem Kopf. *Du leidest unter totaler Amnesie. Dein Gedächtnis löst sich auf. Die Vergesslichkeit breitet sich in dir aus wie . . . wie Gehirnkrebs.*
Diese andere Stimme hatte das Gesicht von Marys Mangamädchen und den Klang von Marys Stimme.
Mary. Stella hasste sie. Sie musste das Referat aus ihrer Tasche genommen haben. Wer hatte einen Grund? Wer die Gelegenheit? Mary. Mary war die Einzige, die es gewesen sein konnte.
Jedenfalls lief derzeit in ihrem Leben alles schief.
Es löste sich geradezu auf.
Sie wollte mit jemandem darüber sprechen.
Nein, nicht mit jemandem.
Mit ihrer Mutter.
Sie wollte ihre Mutter anbrüllen, denn wenn sie besser aufge-

passt hätten, dann wäre der Unfall nicht passiert, dann wäre sie nicht auf dieser Insel gestrandet.
I don't forget you.
Even only my heart can hear your voice,
Please return, when I am calling you.
I am calling you now.
Der Text ging Stella nicht aus dem Sinn.
Wo, verdammt noch mal, blieb die Antwort? Warum meldete sich ihre Mutter nicht?
I am calling you now.
But the only answer is
The whispering storm,
The whispering storm of your silence.
Genau. Immer dieser blöde Wind, der draußen um die Häuser und die Bäume zog.
Warum musste sie vierzehn sein? Wäre sie vier, könnte sie daran glauben, dass ihre Mutter, Sven auf den Knien, dort oben im Himmel saß und sie beschützte. Mein Gott, wäre das schön!
Als es an der Haustür klingelte, zog sie die Bettdecke über den Kopf. Sie wollte jetzt nicht nur für die Welt, sondern auch für sich selbst unsichtbar sein.
Es klingelte erneut. Sie hielt sich die Ohren zu, doch der Besucher gab nicht auf. Als sie nicht öffnete, schlug er mit der Faust gegen die Tür.
»Ich weiß, dass du zu Hause bist!«
Die Stimme kam ihr bekannt vor.
War das Robin? Wie kam der hierher?
Sie warf die Decke zur Seite, rannte die Treppe hinunter, riss die Haustür auf und schrie ihn an: »Verschwinde. Lass mich in Ruhe. Ich habe schon genug Probleme.«
Er hob entschuldigend die Hände: »Ich bringe dir die Hausaufgaben.«

»Ich gehe nicht mehr zur Schule. Ich bin krank.«

Er setzte den Rucksack ab, öffnete den Reißverschluss und zog einige Blätter hervor. »Es geht nichts über einen gesunden Fluchtinstinkt. Aber so schlimm ist die Claasen auch wieder nicht. Du hättest sie hören sollen. ›Poor girl‹. Die ganze Stunde immer wieder ›Poor girl. Her mother died . . . oh, oh!‹ Immer wieder. Im reinsten Oxfordenglisch. Das war echt gruselig. Ich werde es für einen Song verwenden. Pass auf.«

Ohne sich zu rühren, stand Stella in der Haustür und sah zu, wie Robin seine Gitarre auspackte, sich auf die Stufen setzte und zu spielen begann. Treffend begann er die Stimme der Claasen zu imitieren.

Poor little girl.
She wants to be alone.
But she is crying in the dark oh, oh, oh!

»Idiot«, rief sie.

Ein letzter Akkord und er erhob sich. »Habt ihr vielleicht eine Fertigpizza in der Gefriertruhe? Ich habe tierischen Hunger, ganz abgesehen von dem Ärger, den ich bekomme, wenn ich nicht pünktlich im Rosenhof zum Mittagessen erscheine. Bei der Ausrede musst du mir helfen . . . Wer ist das denn?« Er deutete nach unten, wo Freitag versuchte, sich an Stellas Beinen vorbei nach draußen zu schleichen. Den Kopf gesenkt, bildete er sich offenbar ein, er sei unsichtbar.

Stella nahm die Katze hoch: »Das ist Freitag.«

»Tag, Freitag. Oder spricht er nur Englisch? Hello, Mr Friday. Nice to meet you!« Er strich ihr übers Fell. »Magst du auch Salamipizza?«

»Was soll ich machen?«, wandte sich Stella an Freitag. »Zu Robinson Crusoe sind nur Feinde auf die Insel gekommen.«

Freitag leckte die Lippen, als ob er an die Salami auf der Pizza dachte.

»Du denkst auch nur ans Fressen!«
»Kluges Tier«, sagte Robin, packte seinen Rucksack und die Gitarre und betrat den Flur.
Auch Stellas Magen knurrte. Gott sei Dank hatte Pat vorgesorgt. Die Gefriertruhe war randvoll.

Robin leckte sich die Lippen wie Freitag und schob den Teller zur Seite. »Mann, das war gut. Ich kann das Kantinenfutter im Rosenhof nicht mehr sehen. Alles auf gesunder Basis versteht sich. So gesund, als würdest du direkt vom Acker essen.«
Jetzt wo Stella gegessen hatte, ging es ihr ebenfalls besser. Sie stand auf und räumte das Geschirr zusammen. Auch Robin erhob sich, um ihr zu helfen.
»Also, was war heute los?«, fragte er.
»Mein Referat ist verschwunden.«
»Hast du es zu Hause vergessen?«
»Nein.«
»Liegt es nicht auf deinem Schreibtisch?«
»Nein, jemand muss es aus der Tasche genommen haben. Die haben bestimmt alle über mich abgelästert, oder?«
»Ist das so wichtig?«
Sie zuckte mit den Schultern.
»Okay, die Robbie-Williams-Gang meint, du spielst dich auf. Hättest dein Referat gar nicht vorbereitet und würdest jetzt auf Amnesie machen. Die Jungs haben gemeckert, weil die Claasen daraufhin eine ›Exercise, please‹ nach der anderen angeordnet hat.«
»Und Mary?«
»Ja, die gute alte Mary, die hat tatsächlich ein bisschen übertrieben. Du wärest eine der Toten, die sich Nacht für Nacht im alten Pfarrhaus treffen. Dein Ziel sei es, ins Leben zurückzukehren. Aber, das ginge nur, wenn du in den Körper eines anderen Mäd-

chens schlüpfst. Sie sei sich sicher, du hättest sie dazu auserkoren.«
»Das glaube ich nicht!«
»Ist auch besser so. Habe ich nämlich gerade erst erfunden. Aber genau das denkt sie vermutlich!«
Stella begann zu kichern. »Wenn ich mir wirklich jemanden suchen müsste, um in dessen Körper zu schlüpfen, würde ich mit Sicherheit jemand anderen wählen.«
»Wen denn?«
Stella überlegte. »Ich will einfach ich bleiben, nur ich weiß nicht, wie. Und jetzt ist auch noch Mary . . .« Sie brach ab.
»Was ist mit Mary?«
Stella räumte das Besteck in die Geschirrspülmaschine. »Sie muss mir das Referat aus der Tasche geklaut haben. Anders kann es nicht sein. Ich weiß ganz genau, dass ich es gestern Abend in die Schultasche gesteckt habe.« Sie machte eine kurze Pause, bevor sie hinzufügte »Vielleicht ist sie sogar im Haus gewesen. Gestern Abend. Sie hat mir erzählt, dass sie schon einmal hier war. Als es noch leer stand.«
»Wie soll sie denn hereingekommen sein?«
»Es gibt eine Tür, die von außen in den Keller führt.«
Robin drehte sich um: »Das können wir nachprüfen.«
Stella folgte ihm hinaus in den Garten. Auf der Rückseite des Hauses führte eine schmale Treppe zum Kellereingang. Robin nahm die wenigen Stufen mit einem Satz und rüttelte an der Tür.
»Abgeschlossen.«
»Vielleicht hat sie einen Schlüssel. Was weiß ich. Aber Sie kann das Referat auch heute Morgen aus meiner Tasche genommen haben.«
»Das glaube ich nicht. Du hast doch die ganze Zeit neben ihr gesessen.«

»Was weiß ich.«

»Na«, antwortete er, »so wie es aussieht, hast du nur einen einzigen Freund, und das bin ich. Du solltest dich gut mit mir stellen.«

»Sie ist nur eifersüchtig!«

»Eifersüchtig? Auf wen denn? Wer ist der Auserwählte? Geht er in unsere Klasse?«

Stella schwieg.

»Du willst es mir also nicht sagen?«

Sie schüttelte den Kopf.

»Hör zu, diese Mary, sie sollte dir keine Angst machen. Sie ist harmlos.«

Sie zuckte mit den Schultern.

»Aber ich habe über etwas anderes nachgedacht. Was du über deine Mutter gesagt hast.«

»Was meinst du?«

»Dass sie das Steuer losgelassen hat.«

Sie nickte. »Vielleicht bilde ich es mir auch ein. Alles ist so verschwommen da drin.« Sie klopfte an ihre Stirn. »Ich weiß nicht mehr, was wahr ist und was nicht.«

»Alles, was in deinem Kopf entsteht, ist wahr.«

Sie schaute ihn verblüfft an. »Glaubst du das wirklich?«

»Klar. Was sonst. Du hattest eine Erinnerung! Das ist eine Spur, verstehst du? Spuren sagen immer etwas aus, seien sie auch noch so winzig. Sagt zumindest mein Vater und der muss es wissen. Du weißt nicht, warum deine Mutter gegen diesen Baum gefahren ist, oder?«

»Nein. Mir gibt niemand eine Antwort.«

»Hast du gefragt?«

Stella schüttelte den Kopf.

»Du musst deinen Vater fragen, was passiert ist. Wo genau war der Unfall?«

»Ich weiß nicht. Wir waren auf dem Rückweg von Kiel nach Bremen, wo wir Pat besucht haben.«
»Pat?«
»Eine Freundin meiner Mutter.«
»Und dann?«
»Ich weiß es nicht. Ich weiß es einfach nicht mehr. Ich kann mich nicht mehr erinnern.«
»Woran genau kannst du dich nicht mehr erinnern?«
»Was ist das denn für eine blöde Frage. An den Unfall und . . .«
»Und?«
»An die ganze Woche davor.«
»Warum?«
»Wie, warum?«
»Das mit dem Unfall, das verstehe ich ja. Das war schließlich ein Schock. Was aber war in der Woche davor? War euer Urlaub schön? Irgendein Gefühl musst du doch haben?«
Stella schüttelte den Kopf. »Ich erinnere mich an die Hinreise, an den Streit mit meiner Mutter, die die Musik abgeschaltet hat, damit mein Bruder schlafen konnte. Ich war wütend. Noch als wir bei Pat angekommen sind. Die beiden waren immer so . . . ich weiß auch nicht . . .«
»Wie?«
»So . . . Du weißt schon. Wie Erwachsene eben sind. Sie haben mich wie ein kleines Kind behandelt. Wie Sven. Nein, schlimmer. Ich war ein Störenfried. Ich war wütend. Daran erinnere ich mich.«
Das Telefon klingelte.
Stella ließ es klingeln.
»Willst du nicht rangehen?«, fragte Robin.
Stella schüttelte den Kopf.
»Warum nicht?«
»Weil nie jemand spricht.«

»Wie?« Verblüfft runzelte Robin die Stirn.
»Es klingelt immer um diese Zeit, verstehst du? Aber am anderen Ende ist keiner.«
»Immer um dieselbe Zeit?«
»Ja, so gegen zwei Uhr.«
»Warum?«
»Keine Ahnung. Ich lasse es klingeln. Wenn mein Vater anruft, spricht er auf den Anrufbeantworter, dann nehme ich ab.«
Robin erhob sich und griff zum Telefon.
»Lass das«, versuchte Stella ihn davon abzuhalten, doch er hörte nicht auf sie.
»Bei Norden.«
Er lauschte wenige Sekunden, bevor er den Hörer zurücklegte.
»Aufgelegt.«
»Sag ich ja. Jeden Tag, wenn ich aus der Schule zurück bin und zu Mittag gegessen habe.«
»Dagegen musst du etwas tun!«
»Was kann ich schon dagegen machen!«
»Du könntest dir einen neuen Anschluss geben lassen!«
»Dazu müsste ich erst einmal meinen Vater davon überzeugen, dass es diese Anrufe gibt. Er denkt, dass ich nicht ganz klar im Kopf bin nach dem Unfall. Er nennt es übersensibel, aber was er eigentlich meint, ist, dass ich verrückt bin. Vielleicht stimmt es ja auch, und ich bilde mir alles nur ein. Ich meine, mir fehlt eine Woche meines Lebens. Da kann es schließlich sein, dass ich Dinge verwechsle, dass ich im Haus einen Geist höre, dass mein Referat einfach so verschwindet. Was weiß ich. Vielleicht ist ja Freitag der Geist.«
»Trotzdem. Wir müssen etwas tun.«
»Was willst du denn tun?«
»Du sprichst noch einmal mit deinem Vater wegen des Unfalls. Frag ihn nach der genauen Ursache.«

Er erhob sich.

»Ich muss jetzt gehen. Bekomme sowieso schon Ärger im Internat. Muss mir einen Platten im Reifen ausdenken oder so was. Wir haben eine Heimleiterin, Frau Fröhlich, die das genaue Gegenteil ihres Namens ist. Sie versteht überhaupt keinen Spaß.«

Stella erhob sich ebenfalls.

»Morgen sehen wir uns wieder in der Schule.«

Statt einer Antwort zuckte Stella mit den Schultern.

Als sie Robin zur Tür brachte, fühlte sie sich plötzlich erleichtert und seltsam gut gelaunt. Sie hatte ein Kribbeln im Bauch, wenn sie an ihn dachte.

Sie kehrte in das Arbeitszimmer ihres Vaters zurück. Der Computer meldete eine neue Nachricht. Sie öffnete den Chatroom Byron. Als sie allerdings die Antwort las, war das Hochgefühl vorbei. Sie ließ sich auf den Stuhl fallen. Die Nachricht war von Mary Shelley.

Robinson Crusoe. Ich wünsche dir einen langen qualvollen Tod auf deiner Insel. Und Freitag soll mit dir sterben.

FÜNFZEHN

Am Freitag nach der Schule gab es auf dem Pausenhof das übliche Gedränge und Gerangel vor dem Wochenende. Alle hatten es eilig. Autos reihten sich vor dem Schulgelände aneinander und verstopften die Straße. Ein riesiger Lastzug hupte laut.

Stella stand an ihrem Fahrrad und öffnete das Schloss.

Sie hatte ihrem Vater nichts von dem Referat erzählt. Als er gefragt hatte, wie es gelaufen sei, sagte sie: »War okay.« Er hatte sich damit zufrieden gegeben. Wäre sie eine Bakterie unter dem Eis, hätte er sicherlich weiter nachgeforscht.

Auch die Claasen hatte kein Wort mehr darüber verloren. Ein Zeichen dafür, dass niemand sie für normal hielt. Normale Kinder bekamen auf Referate, die sie zu Hause hatten liegen lassen, eine Sechs. Oder wurden verwarnt. Oder zum Nachsitzen verdonnert. Irgendeine Strafe eben. Sie dagegen wurde mit Mitleid bestraft.

Zum Glück war Mary heute nicht in der Schule gewesen. So musste sie sich wenigstens nicht anzicken lassen.

Sie rollte das Schloss zusammen, um es in der Schultasche zu verstauen. Dann hob sie das Rad aus dem Ständer. Als sie gerade aufsteigen wollte, bremste jemand scharf neben ihr.

Robin saß auf seinem Mountainbike, die unvermeidliche Gitarre auf dem Rücken. Er sah verdammt gut aus. Seine blauen Augen funkelten, als er ihr direkt ins Gesicht sah.

»Alles okay?«, fragte er.

Sie nickte. In ihrer Schultasche hatte sie die E-Mail von Mary.

Für einen Moment dachte sie daran, sie ihm zu zeigen, überlegte es sich jedoch anders. *Verräterin*, hatte Mary gesagt.
Sicher hatte Mary ihre Drohung nicht ernst gemeint. Niemand wünscht einem anderen den Tod. Sie war wütend gewesen. Wütend, weil sie dachte, Stella würde ihr Robin wegnehmen. Je weniger sie also mit Robin sprach, desto besser. Doch er stand neben ihrem Fahrrad und rührte sich nicht von der Stelle. »Ich habe gestern Post von meinem Vater bekommen.«
Stella zuckte gleichgültig mit den Schultern.
»Es sind Zeitungsausschnitte über den Unfall deiner Mutter. Willst du sie sehen?«
»Zeitungsausschnitte?« Sie sah ihn erschrocken an. »Was für Zeitungsausschnitte? Ich . . .« Stella brach ab, als sie Vanessa mit ihren Sklavinnen hinter Robin auftauchen sah.
»Hey, Robin«, flötete Vanessa, »hast du nicht Lust, dich heute Abend mit uns am Strand zu treffen? Wir hören so gerne zu, wenn du Gitarre spielst.« Sie warf Stella einen spöttischen Blick zu.
Robin beachtete sie nicht. »Hast du nie danach gefragt?«, wandte er sich beharrlich an Stella.
Sie schüttelte den Kopf. Er sollte weggehen. Mary würde erfahren, dass er sich mit ihr unterhalten hatte. Abgesehen davon würde die Robbie-Williams-Gang Gift speien, wenn er noch länger neben ihr stand.
»Bringt eh nichts«, sagte sie und legte die Schultasche in den Fahrradkorb.
»Das kannst du nicht wissen.«
Sie stieg auf. »Ich muss. Mein Vater ruft gleich an.«
»Was ist los?«, rief Mona. »Kommst du nun an den Strand oder willst du mit Miss Amnesia herumhängen.«
»Hab schon was vor.«
»Du glaubst doch wohl nicht«, zischte Vanessa in Stellas Rich-

tung, »dass Robin mit dir etwas zu tun haben will. Wer will schon mit einer reden, deren Mutter sich selbst . . .«

»Halt die Klappe.« Der sonst so höfliche Robin wurde wütend. Seine Augen waren nun nicht mehr tiefblau wie der Himmel über dem südatlantischen Eismeer, sondern blauschwarz wie der Blick von Marys Mangagesichtern.

Vanessa zog Mona weg. Offenbar wollte sie keinen Streit mit ihrem Idol provozieren.

»Was meint sie denn? Was hat meine Mutter?«

»Du solltest dir wirklich überlegen, ob du die Wahrheit wissen willst oder nicht.«

Robin stieg auf sein Fahrrad, riss den Lenker nach oben, sodass sich das Vorderrad in der Luft drehte. Der Hinterreifen rutschte zur Seite. Gekonnt hielt er das Gleichgewicht, und als er wieder Boden unter den Füßen hatte, raste er davon und ließ sie allein zurück.

Stella stieg ebenfalls auf ihr Fahrrad.

Wahrheit, dachte sie

Mary Shelley wollte Ehrlichkeit?

Okay, sie würde ehrlich sein.

Mary wohnte am entgegengesetzten Ortsende. Ein kleiner Bauernhof, dessen Wohnhaus Ähnlichkeit mit einer Scheune hatte, so verwahrlost sah es aus. Vor einer Hütte lag ein großer schwarzer Hund, der ihr sofort entgegenrannte, als sie mit dem Fahrrad auf den Hof einbog. Er bellte laut, fletschte die Zähne und riss an der Kette. Stella blieb erschrocken stehen. Doch dann begriff sie, dass er nicht sie meinte, sondern den Postboten, der hinter ihr auf das Grundstück bog und schließlich neben ihr stehen blieb.

»Kannst du die Post mitnehmen?«, fragte er. »Dieses Vieh hasst mich. Ich bin immer froh, wenn ich lebend wieder wegkomme.

Meinst du, der Alte würde den Hund zurückhalten? Nein, ich kann froh sein, dass er ihn nicht auf mich hetzt.« Er reichte Stella zwei Briefe und eine Zeitung. Dann stieg er wieder auf. »Geh dem Köter besser aus dem Weg.«

Stella machte einen großen Bogen um die Hütte. Der Hund zerrte laut kläffend an der langen Kette. Hoffentlich riss er sich nicht los.

Sie stieg vom Rad, stellte es an der Hauswand ab und ging zur Eingangstür. Sie suchte nach einer Klingel, fand aber keine. Also klopfte sie. Keine Reaktion, obwohl sie aus dem Haus Geräusche hörte. Töpfe klapperten laut. Vielleicht sollte sie besser gehen. Doch sie musste die Post abgeben. Ihr Blick fiel auf die Briefe. Der oberste war Werbung und darunter lag ein bunter Umschlag, der für Mary bestimmt war. Sie könnte Mary den Brief persönlich geben. So hätte sie einen Grund, mit ihr zu sprechen. Im nächsten Augenblick steckte sie ihn in die Schultasche.

Jetzt drang aus dem Haus eine laut schimpfende Stimme.

Wieder klopfte sie. Keine Antwort. Schließlich drückte sie den Türgriff nach unten. Die alte Haustür sprang quietschend auf und Stella stand in einem niedrigen Flur, dessen Steinfußboden völlig verdreckt war. Ein Bataillon Gummistiefel stand kreuz und quer, und mehrere abgemagerte Katzen schleckten Milch aus zahlreichen Tellern, in denen tote Fliegen schwammen.

Stella war noch nie in so einem Haus gewesen. Wohnte Mary tatsächlich hier? In diesem Dreck? In diesem Gestank?

»Hallo«, rief sie laut. Unwillkürlich bückte sie sich, um die Katzen zu streicheln, die jedoch nicht wie Freitag um ihre Hand strichen, sondern sie misstrauisch beäugten und fauchend zurückwichen.

Sie heißen einfach nur Katze, hatte Mary gesagt. Jetzt verstand Stella warum. Sie gehörten nicht zur Familie, waren Fremde, die lediglich gefüttert wurden.

»Wer bist du?«, hörte sie hinter sich eine krächzende Stimme. Sie drehte sich um. Vor ihr stand eine alte Frau. Nicht viel größer als sie selbst. Sie trug ein schwarzes Kopftuch. Die dunkle Schürze war völlig verdreckt und die Füße steckten in hohen Hausschuhen. In der Hand hielt sie ein blutiges Küchenmesser. Stella richtete sich auf. »Entschuldigen Sie, ich suche Mary.«
»Kenne ich nicht.«
Erst jetzt fiel Stella wieder ein, dass Mary eigentlich Antje hieß.
»Ich meine Antje.«
»Nie da«, murmelte die Frau. »Treibt sich herum wie ihre Mutter.«
»Wo ist sie denn?«
»Weg.«
»Kann ich mit ihrem Vater sprechen?«
»Stall.«
Die alte Frau schlurfte zurück in die Küche. Durch die geöffnete Tür sah Stella, wie sie einen Fisch ausnahm. Ekel stieg in ihr hoch.
»Dann frage ich besser den«, rief sie schnell und wandte sich um.
»Passt nicht auf«, murmelte die Frau, »der Döskopp.«
Stella sah zu, dass sie wegkam.
Als sie wieder draußen war, sah sie einen Mann, der, eine Zigarre im Mund, zwei Eimer über den Hof trug. Er ging gebückt und bemerkte sie erst, als sie ihn ansprach.
»Entschuldigen Sie, ich suche Antje.«
Misstrauisch beäugte er sie. Sein Blick ging von oben nach unten. Als er den Mund öffnete, um die Zigarre herauszunehmen, sah sie, dass ihm vorne ein Schneidezahn fehlte. Vielleicht, weil er den Platz für die Zigarre brauchte, um sie für immer und ewig zwischen den Zähnen festzuklemmen.
»Wer bist du denn? Dich kenn ich nicht. Bist nicht von hier.«

»Wir wohnen im alten Pfarrhaus.«
»Ach ja, vom Anderson.«
»Ja.«
»Deine Mutter ist tot, was?«
Stella fuhr zusammen. »Ja.« Wusste denn jeder Bescheid?
»Manchmal besser so«, murmelte der Mann.
»Ich suche Mary, ich meine Antje. Wissen Sie, wo sie ist?« Sie wollte gerade hinzufügen, dass sie nicht in der Schule gewesen war, beschloss aber dann zu schweigen. Nein, sie war keine Verräterin.
»Meine Lütte suchst du? Ich auch. Ich suche sie ständig.« Sein Gesicht war gerötet und sein Atem roch nach Alkohol. »War wieder mal nicht in der Schule, was?«
»Ich muss sie dringend sprechen.«
Der Hund begann wieder zu bellen. Aufgeregt rannte er vor seiner Hütte hin und her. Die schwere Kette rasselte bei jedem Schritt und zog ihn zurück.
»Wissen Sie, wo sie sein könnte?«
»Vielleicht am Weißen Friedhof. Dort treibt sie sich gern herum.«
»Der Weiße Friedhof?«
»Ja, dort wo die Kinder begraben liegen, die im Meer ertrunken sind.«
Wieder schreckte Stella zusammen. Davon hatte sie noch nichts gehört. »Warum heißt er Weißer Friedhof?«
»Weil alle Kreuze und Grabsteine weiß sind, warum sonst.« Er spuckte zu Boden.
Ein Kinderfriedhof. Sie dachte an Sven. An den kleinen weißen Sarg, in dem die schwarz gekleideten Männer vom Bestattungsunternehmen ihren Bruder getragen hatten.
»Du brauchst mich gar nicht so anzuschauen. Ich kann auch nichts dafür, dass die sich dort herumtreibt. Sie macht, was sie

will. Ich kann sie nicht anbinden wie den Köter da.« Sein Gesicht verdunkelte sich für einen kurzen Moment. »Aber es ist gut, dass du sie besuchen kommst. Kriegt ja sonst nie Besuch. Nur am Telefon hängt sie jeden Tag. Weiß der Teufel, wen sie anruft. Immer um dieselbe Uhrzeit. Kaum aus der Schule da, schon den Hörer in der Hand. Marotten hat das Kind wahrlich genug.«
Stella zuckte zusammen. Mary? War es Mary, die jeden Tag anrief? Ihre Stimme war vor Aufregung ganz heiser, als sie fragte: »Können Sie mir den Weg beschreiben?«
»Er ist ganz in der Nähe. Hinter der Mühle. Weißt du, wo die Mühle ist?«
»Ja, und vielen Dank! Ach ja, ihre Post!« Stella reichte ihm den Werbebrief und die Zeitung. Als sie wieder bei ihrem Fahrrad war und gerade aufsteigen wollte, rief er ihr etwas hinterher. Es klang wie: »Sag Pat einen schönen Gruß.«
Hatte sie ihn richtig verstanden? Hatte er Pat gesagt?
Dann ging er mit den beiden Eimern weiter Richtung Stall. Stella wusste nicht, ob er wankte, weil die Eimer so schwer waren oder weil er zu viel getrunken hatte.
Sie beeilte sich wegzukommen. Hier also wohnte Mary. Auf diesem verwahrlosten Hof. Was war mit ihrer Mutter? Hatte sie keine Zeit, sich um das Haus zu kümmern?

SECHZEHN

Obwohl der sogenannte Weiße Friedhof auf dem Weg zum Pfarrhaus lag, war er Stella noch nie aufgefallen. Sie verstand sofort, warum. Versteckt lag er hinter einer hohen Mauer, die völlig mit Efeu zugewachsen und daher kaum zu erkennen war.
Ein seltsamer Ort, um sich mit Freunden zu treffen.
Stella lehnte das Fahrrad an eine große, alte Trauerweide. Über dem weißen Holzportal, dessen Farbe abblätterte, hing ein Schild mit der Inschrift *Es ist noch eine Ruhe vorhanden*. Das Tor führte auf ein Grundstück, das eher an einen verwilderten Garten erinnerte als an einen Friedhof.
Eine einsame Möwe segelte am Himmel, als hätte sie sich verirrt, und stieß plötzlich einen schrillen Schrei aus, der Stella zusammenzucken ließ.
Alles war, wie Marys Vater gesagt hatte.
Der Friedhof war nicht groß. Die Gräber lagen nebeneinander an der Mauer. Die weißen Grabsteine leuchteten. Jedes von ihnen war mit großen hellen Kieselsteinen eingesäumt wie ein Gartenbeet. Rosenstöcke und Efeu waren der einzige Schmuck. Besser dachte sie nicht daran, dass hier Kinder lagen, die ertrunken waren. Sie ging die Reihe entlang. Die Steine trugen die Vornamen sowie Geburts- und Sterbedaten.
Piet 1956–1965
Rasmus 1960–1971
Merle 1992–2005.
Eines der Gräber war völlig zugewuchert. Sie hatte Mühe, das Efeu zur Seite zu schieben.

Claus 1965–1970.
Ihr fehlten nur wenige Tage, aber denen, die hier begraben lagen, fehlte das ganze Leben.
Doch wo war Mary?
Bis auf das Rauschen der Bäume hatte die Stille auf dem Friedhof Einzug gehalten. Unwillkürlich fröstelte Stella. Sie wollte nicht hier sein. Dieser Platz war etwas für alte Leute, nicht für sie. Irgendwann würde Mary schon wieder in die Schule kommen, dann konnte sie immer noch mit ihr sprechen.
Stella wandte sich um und war schon fast wieder am Tor, als sie die Stimme hörte. Mehr ein einzelner Ton. Als ob jemand sang. Es kam von einem Platz hinter der Mauer, hinter den Gräbern. Sie ging zurück. Sie hatte sich nicht getäuscht. Jemand sang, nein, sprach. Sie trat in das Gebüsch. Brennnesseln schlugen gegen ihre Beine. In der Mauer war ein Stück Stein herausgebrochen. Stella stellte den Fuß hinein und schob sich nach oben, um einen Blick auf die andere Seite zu werfen. Doch sofort zog sie den Kopf wieder zurück.
Da unten auf einer kleinen Lichtung, die rundum von Büschen abgeschirmt wurde, saß Mary völlig allein. Wo waren ihre Freunde, von denen sie immer sprach?
Erneut spähte Stella über die Mauer.
Mary trug ein weißes Rüschenhemd. Neben ihr im Gras lag ein schwarzer Mantel. Es konnte auch ein Cape sein. Ihr Gesicht war hell geschminkt, was zu den schwarz umrandeten Augen gruselig wirkte. Ganz abgesehen von dem Text, den sie mit ihrer dunklen, rauchigen Stimme aus dem Buch auf ihrem Schoß vortrug. Sie las mit leiser Stimme, dennoch verstand Stella jedes einzelne Wort.

Doch würgen musst du sie und sehn
Der Wange letztes Rot verwehn;

Den letzten Blick, der glasig stiert,
Da leblos drin das Blau gefriert.
Dann reiße mit verruchter Rechter
Vom Haupt herab die blonde Flechte,

. . .

Den Rest wollte Stella nicht mehr hören. Sie ließ sich zurück auf die andere Seite fallen. Ihr Herz schlug bis zum Hals.
Sprach Mary von ihr?
War es eine Art Schwur?
Oder bildete sie sich das Ganze ein? Nein, das konnte nicht sein, es passte alles. Sie hatte lange blonde Haare. Sie hatte blaue Augen. Marys Fluch war für sie bestimmt.
Was sollte sie tun? Irgendetwas ging in Stellas Leben vor, das unheimlich war und beängstigend und niemand außer ihr sah es. Ihr Vater nicht, Pat nicht . . . Es gab nur einen, der sie ernst nahm. Robin. Er hatte heute Morgen von den Zeitungsausschnitten zum Unfall ihrer Mutter gesprochen und dass sie sich der Wahrheit stellen sollte. Vielleicht hatte er recht. Wenn sie sich erinnern wollte, musste sie sich mit dem Unfall beschäftigen. Sie durfte nicht vor ihren Erinnerungen weglaufen.
Sie hatte Robin abblitzen lassen, weil sie Mary nicht wehtun wollte. Schwachsinn. Hinter der Mauer saß Mary in diesen schrägen Klamotten und deklamierte Gedichte, in denen sie Stella den Tod wünschte. Sie spürte, wie Wut in ihr hochstieg und die Angst verdrängte. Verdammt! Sie konnte sich das nicht gefallen lassen. Robin hatte ihr seine Hilfe angeboten. Sie würde sie annehmen. Ihr Blick fiel auf die Uhr. Es war bereits halb zwei. Zeit, nach Hause zu fahren.
Gebückt schlich sie zurück zu ihrem Fahrrad, schwang sich darauf und trat kräftig in die Pedale. Bereits vor der Haustür hörte sie das Telefon. Ihr Vater. Wenn sie sich nicht meldete, machte

er sich Sorgen. Sie schloss auf, rannte hinein und riss das Telefon aus der Halterung.
»Alles in Ordnung. Ich bin zu Hause.«
Niemand antwortete.
Warum hatte sie abgenommen?
Sie hätte daran denken müssen, dass es der anonyme Anrufer war. Wieder hörte sie ihr Gegenüber atmen. Dieses gleichmäßige Geräusch, als ob jemand immer wieder über eine Fläche strich. Dann das Knacken, das ihr sagte, dass der Anrufer aufgelegt hatte. Dennoch schrie sie in den Hörer: »Lass mich in Ruhe, Mary! Lass mich einfach in Ruhe!«
Sie warf das Telefon in die Halterung. Wenn sie jetzt nur nicht alleine wäre. Aber sie war nicht alleine. Irgendwo musste Freitag stecken.
»Freitag! Wo bist du?«
Kein Miauen war zu hören.
»Freitag! Komm! Miezekatze. Kätzchen!«
Bedrohliche Stille. Sie lief hoch in ihr Zimmer. Vielleicht war er dort eingesperrt. Nein, die Tür stand wie immer offen.
»Freitag!« Sie wurde energischer. Rannte erneut die Treppe hinunter.
Wieder klingelte das Telefon. Sie versuchte es zu ignorieren, rief stattdessen nach der Katze. Suchte unter den Schränken, dem Sofa, der Kommode im Flur. In der Küche war er auch nicht. Der Anrufer gab nicht auf. Sie wusste nicht, was sie machen sollte. Warum sprang der Anrufbeantworter nicht an? Das Klingeln wurde von Mal zu Mal lauter. Sie konnte es nicht verhindern. Ihre Hand griff zum Telefon, der Zeigefinger bewegte sich automatisch zur grünen Taste, verharrte dann über der roten. Sie konnte sofort auflegen.
»Hallo«, flüsterte sie.
»Stella?«, hörte sie jemanden am anderen Ende, »bist du das?«

»Ja.«
»Warum flüsterst du denn? Kannst du nicht normal sprechen? Wo warst du? Die Schule ist längst aus! Johannes hat bei mir angerufen. Er macht sich Sorgen.«
Es war Pat.
Stella atmete erleichtert auf.
»Ich . . .«, suchte sie nach einer Antwort, aber Pat unterbrach sie.
»Ich wollte dir sagen, dass ich heute Abend komme. Ich fahre jetzt los!«
Sie hatte aufgelegt, bevor Stella antworten konnte. Sie hatte total vergessen, dass ihr Vater am Sonntag wegfuhr.
Wenn wenigsten Freitag hier wäre. Wo konnte die Katze stecken? Da hörte sie ein Miauen. Zunächst wusste sie nicht, wo sie suchen sollte, dann stellte sie fest, dass es von der Haustür kam. Als sie die Tür öffnete, saß Freitag dort, als sei es selbstverständlich, dass er draußen herumstreunte, obwohl Stella mit Argusaugen darauf achtete, dass er nicht entwischen konnte. Sie musste die Haustür offen gelassen haben, als sie zum Telefon rannte.
»Dass du mir nicht wieder wegläufst«, sagte sie und nahm Freitag hoch. Er rieb seinen Kopf an ihrem Kinn. »Dafür bist du noch viel zu jung. Da draußen lauern für so eine kleine Katze wie dich tausend Gefahren. Du denkst, hier auf der Insel kann dir nichts passieren, doch du täuschst dich!«

SIEBZEHN

Die Frau, die das Gespräch entgegennahm, hatte eine laute, schrille Stimme, die geschult schien, um eine Armee herumzukommandieren. Die Sätze waren zudem so kurz, dass man sie bequem in einer Streichholzschachtel hätte stapeln können.
»Wer spricht?«
»Stella Norden, ich möchte Robin sprechen, Robin Falk.«
»Jetzt nicht.«
»Es ist wichtig.«
»Er studiert.«
Sollte sie es später noch einmal probieren? Nein, später war Pat da und sie hätte keine Ruhe.
»Aber . . .«
»Vierzehn Uhr bis sechzehn Uhr Studierzeit.«
Ein Blick auf die Uhr zeigte Stella, dass es fünf Minuten vor vier war.
»Es geht um Leben und Tod«, hörte sie sich plötzlich sagen und hatte nicht das Gefühl, dass sie log. Es ging schließlich um den Tod ihrer Mutter, um Svens Tod.
»Keine Ausnahmen.« Diese Frau war ein harter Brocken. Sie ließ sich durch nichts erweichen. Der Tod war für sie nur ein billiger Trick.
»Können Sie ihm etwas ausrichten? Bitte.«
Wieder diese knarrende Stimme. So hörte es sich an, wenn jemand aus einer Maschinenpistole schoss.
»Ihr Name?«
»Stella Norden«, wiederholte sie ihren Namen. »Ich bin neu in

der Klasse. Er wollte mir bei den Hausaufgaben helfen. Mathematik«, begann Stella zu jammern, »und Englisch. Ich habe mein Hausaufgabenheft verloren.«
Unaufhörlich rückte der Zeiger der Uhr nach vorne. Wenn sie weitersprach, wäre es gleich vier. »Robin kann so gut erklären.«
Wieder Stille am anderen Ende.
»Meine Mutter ist vor Kurzem gestorben. Ich bin den ganzen Tag allein. Ich habe niemanden, der mir helfen kann.«
Dann Lärm im Hintergrund. Horden von Kindern stürmten offenbar am Telefon vorbei.
»Moment.«
Ein Knacken in der Leitung. Stella wartete. Der Zeiger rückte weiter.
»Ja?«
Robins Stimme. Erleichtert seufzte Stella.
»Wer ist denn da?«
»Ich bin's.«
Sie musste nichts erklären. Robin wusste sofort, wer sie war.
»Stella!«
»Ja?«
»Was ist los?«
»Diese Zeitungsausschnitte . . .«
»Ja.«
»Ich möchte sie sehen.«
»Moment . . .«, er senkte die Stimme. »Die Fröhlich . . .« Wieder Stille, bis er schließlich flüsterte: »Ich komme, so schnell es geht.«
»Gut.«
»Bis gleich und Stella . . .«
»Ja.«
»Keine Sorge, wir helfen deinem Gedächtnis schon auf die Sprünge. Mein Vater sagt, das ist der Schock. Es ist besser, der

Wahrheit eine Chance zu geben als sie gefangen zu halten. Der Schock, das ist wie eine geschlossene Tür. Du musst nur den richtigen Schlüssel finden.«
»Ja«, sagte Stella und legte auf. Dr. Mayer hatte etwas Ähnliches gesagt. Doch ihm hatte sie nicht geglaubt.
Welchen Grund hatte sie, Robin zu vertrauen?

Es dauerte nicht länger als eine halbe Stunde, bis Robin an der Tür klingelte. Er hatte offenbar in die Pedale getreten wie ein Wahnsinniger. Es hatte angefangen zu regnen. Er war völlig durchweicht.
»Hey!«
»Hey!«
Beide schwiegen verlegen.
»Mein Vater will noch mehr Informationen schicken. Außerdem hat er gesagt, dein Vater soll einen Antrag stellen, dann kann er den Obduktionsbericht lesen. Vielleicht finden wir darin etwas. Es kann doch sein, dass deine Mutter krank war. Aber ohne den Antrag läuft gar nichts.«
»Zeig mir die Artikel.«
Er zog zwei kopierte Blätter aus dem Rucksack und reichte sie ihr.
Am Montagabend ereignete sich ein tragischer Verkehrsunfall, bei dem eine 42-jährige Frau und ein . . .
Nein, sie konnte das nicht lesen.
Die Wahrheit traf sie wie ein Schlag an den Kopf. Sie fühlte sich benommen. Es war nicht irgendeine 42-jährige Frau, es war ihre Mutter.
»Ich kann nicht«, flüsterte sie.
Robin nickte stumm.
Eine Weile herrschte Schweigen, bis Robin laut zu lesen begann: »Die Polizei schließt . . .« Er brach ab. »Also . . . offenbar ist

der Wagen aus ungeklärter Ursache von der Fahrbahn abgekommen und . . .«

»Halt die Klappe.«

Er ließ sich nicht beirren. »Aus ungeklärter Ursache von der Straße abgekommen und auf der Gegenfahrbahn in einen Baum gerast.«

»Nein!«

»Aus ungeklärter Ursache . . .«, wiederholte Robin nachdenklich. »Hat sie Medikamente genommen?«

»Sie stand total auf Homöopathie. Sven und ich mussten immer irgendwelche Kügelchen schlucken. Sie hat darauf geschworen, obwohl mein Vater ständig erklärte, dass die keine Wirkung zeigen.«

»Du kannst dich nicht erinnern, dass sie vielleicht vor der Abfahrt doch etwas anderes . . .«

»Nein«, schrie Stella jetzt. »Ich kann mich nicht erinnern. Verstehst du?«

»Die Polizei hat eine Obduktion durchführen lassen. Dein Vater muss nur diesen Antrag stellen, um zu erfahren, was dabei herausgekommen ist.«

»Ich habe noch nie mit ihm über den Unfall gesprochen.«

»Warum nicht?«

»Ich kann mich schließlich nicht erinnern, was hätte es also für einen Sinn?«

»Vielleicht, dass du dich erinnerst?«

»Vielleicht will ich das ja gar nicht.«

»Hör zu, so langsam musst du dich entscheiden.«

»Ich will nicht.«

Er erhob sich. »Dann kann ich ja wohl gehen.«

Stella schwieg.

Unschlüssig stand er im Zimmer. »Tut mir leid, dass ich dich belästigt habe.«

Stella sagte nichts und Robin ging zur Tür.
Die Tränen traten ihr in die Augen. Ach, verdammt, sie entwickelte sich zu einer Heulsuse. Dachte sie etwa, sie könne auf ihren Tränen von der Insel schwimmen?
»Nein, bleib! Du hast recht. Ich muss endlich verstehen, was geschehen ist.«
»Du musst deinem Vater erzählen, wie der Unfall passiert ist.«
»Nein!«
»Warum nicht?«
»Er will vergessen«, erklärte Stella. »Deshalb sind wir auf die Insel gekommen. Ich muss das alleine durchziehen.«

Sie redeten. Musik, die Band, das Internat, der Tod ihrer Mutter. Robin hatte anhand der Zeitungsartikel im Internet herausgefunden, welches Institut für Rechtsmedizin für den Unfall zuständig war. Er kannte sich wirklich aus und saß wie ein Profi vor dem Computer.
»Wirst du später auch zur Polizei gehen wie dein Vater?«
»Früher wollte ich das, aber jetzt will ich Musiker werden.«
»Ich wollte immer Meeresbiologin werden, wie mein Vater, genauer gesagt, Seepferdchenforscherin.«
Robin grinste.
»Lach nicht.«
»Was macht denn ein Meeresbiologe?«
»Er untersucht das Leben im Meer. Genauer gesagt, auf dem Eis, unterm Eis und im Eis. Solange ich mich erinnern kann, war mein Vater immer unterwegs. Aber jetzt ... jetzt, wo wir alleine sind, macht er hier Wasseruntersuchungen in der Nordsee.«
»Ist schon ein Unterschied«, meinte Robin »zwischen der Antarktis und der Insel.«
»Vielleicht, wenn ich älter bin, fahren wir zusammen dorthin.

Früher hat er versprochen, wenn ich sechzehn bin, nimmt er mich mit.«

»Mir ist jetzt schon kalt.«

»Das liegt daran, dass du noch immer nass bist vom Regen. Du solltest etwas Trockenes anziehen. Ich bring dir ein T-Shirt von meinem Vater.«

»Wie kommt er unter das Eis?«

»Sein Institut hat einen Torpedo entwickelt. Der besteht aus Hunderten von Kameras und Messinstrumenten, die bis zu fünfundsiebzig Kilometer weit unters Eis vorstoßen und dreitausend Meter tief tauchen können. Mein Vater war einige Male auf der Nordstern dabei. Das ist das Forschungsschiff.«

»Mann, der muss dich wirklich lieben, wenn er das für dich aufgegeben hat, um auf der Insel Fische zu zählen.«

»Quatsch.«

»Aber klar. Er ist mit dir hierhergekommen. Meine Eltern haben mich einfach ins Internat abgeschoben.«

Er blickte kurz auf. Sein Lächeln hatte Ähnlichkeit mit dem von . . . nein, es gab keinen Vergleich. Stella fragte sich, ob sie dabei war, sich zu verlieben. Wie wusste sie, dass sie verliebt war?

»Bekommst du die Unterschrift deines Vaters hin?«, fragte Robin.

»Ich glaube schon.« Sie schob ihm das Blatt zu, auf dem sie die spitze Unterschrift ihres Vaters, die an Eisberge erinnerte, geübt hatte.

»Gut. Du bist fast ein Profifälscher.«

»Werden sie es nicht merken?«

»Nein. Wichtig ist, dass der Brief nach deinem Vater klingt. Wie ist sein Name?«

»Dr. Johannes Norden.«

»Okay.« Er tippte den Namen ein und klickte auf »Drucken«. »Ich

schicke den Brief heute noch weg. Außerdem rufe ich meinen Patenonkel an. Er wird dafür sorgen, dass ihr den Bericht bekommt.«
»Dein Patenonkel?«
»Er ist ein Freund meines Vaters und Gerichtsmediziner in Bremen. So wie ich ihn kenne, dauert es nicht lange, bis er sich bei mir meldet!«
»Du hast einen Leichendoktor zum Patenonkel?« Stella musste plötzlich kichern.
»Was ist daran so lustig?«
»Das solltest du Mary Shelley erzählen.«
Er grinste ebenfalls.
»Bist du wirklich im Internat, weil du Asthma hast?«
Er zuckte mit den Schultern. »Behaupten sie und denken, ich merke es nicht, wenn sie streiten. Aber ich habe gehört, wie meine Mutter ihn angeschrien hat. Dass er nie da sei, dass er mich vernachlässige, dass sie es satt habe zu warten, bis er nach Hause kommt. Das ganze Programm eben.«
Stella nickte: »Das kommt mir bekannt vor.«
Er nahm das Blatt hoch und reichte es ihr. »Du musst nur noch unterschreiben.«
»Und es funktioniert?«
»Mit Sicherheit.«
Stella atmete tief durch und setzte den Füller an. Die Unterschrift ihres Vaters erschien auf dem Blatt. Ein bisschen zittrig sah sie aus, doch ansonsten nicht schlecht.
Robin steckte den Brief in einen Umschlag und klebte ihn zu. »Das hätten wir.«
»Lassen sie sich scheiden?«
»Wer?«
»Deine Eltern?«
»Keine Ahnung. Ich glaube, mein Vater hat eine eigene Wohnung, obwohl sie am Besuchstag immer zu zweit einlaufen.«

»Was ist in den Ferien?«

»Wechseln sie sich ab. Wenn er überhaupt nach Hause kommt, dann geht sie weg. Sie ist Krankenschwester. Hat zufällig immer Nachtdienst, verstehst du.«

»Vielleicht täuschst du dich!«

»Was weiß ich. Aber warum haben sie mich ins Internat gesteckt?«

Robin starrte auf den Bildschirm. Seine Hände ruhten auf der Tastatur.

»Wenn ich etwas will«, sagte er »bekomme ich einfach keine Luft mehr.«

»Kannst du das?«

»Ich lasse meine Medikamente weg.« Jetzt trat ein verschmitztes Grinsen in sein Gesicht. »Alte Indianermethode, verstehst du?«

Stella begann zu kichern und konnte plötzlich nicht mehr aufhören. Sie ließ sich aufs Sofa fallen. Er stimmte ein und setzte sich neben sie. Sein Arm streifte ihren. Er roch nach Meer. Nicht nach Fisch, sondern nach der Weite des Wassers. Noch immer waren seine Haare feucht vom Regen.

»Du solltest dir auch eine andere Hose anziehen. Du erkältest dich.«

»Gut, wenn mein Husten noch echter klingt.«

»Mit seiner Gesundheit spielt man nicht, hat meine Mutter immer gesagt.«

Der Satz war ihr völlig leicht über die Lippen gekommen. Nichts in ihr zuckte zusammen. Ihr Herz schlug nicht schneller.

»Alles okay?«, fragte Robin und legte den Arm um ihre Schultern. Hatte sie jetzt außer Freitag einen zweiten Freund? Es wäre zu schön. Er saß ganz nahe. Caro würde jetzt hoffen, dass sie geküsst würde. Sie würde es geradezu darauf anlegen, aber Stella hatte keine Ahnung, wie man so etwas machte. Atmete man sehnsüchtig? Sollte sie ihm ihr Gesicht zuwenden? Sich fester an ihn lehnen? »Darf ich dich . . .«, fragte Robin leise, als plötzlich die Tür aufsprang. Pat stand vor ihnen.

Stella und Robin fuhren erschrocken auseinander.

»Was ist denn hier los?« Pats Gesicht zeigte eine Mischung aus Schock und Verlegenheit.

Robin erhob sich, reichte Pat die Hand und sagte: »Robin, ich bin ein Mitschüler von Stella. Wir haben zusammen Mathematik gelernt.«

»So, so, Mathematik.« Ein spöttisches Lächeln erschien in Pats Mundwinkeln. »Ich sehe aber keine Bücher.«

»Wir sind schon fertig. Ich wollte gerade gehen.«

»Aha. Und warum hast du mir deinen Freund noch nicht vorgestellt, Stella?«

Stella zuckte verlegen mit den Schultern. Sie hatte ja selbst nicht gewusst, dass Robin ein Freund war.

»Jetzt kennen Sie mich ja«, erwiderte Robin, drehte sich zu Stella um und zwinkerte ihr zu. »Bis Montag in der Schule und ich bin sicher, dass nichts schiefgeht.«

»Ich bringe dich nach unten.« Stella sprang auf und folgte ihm bis zur Haustür. Sie sah zu, wie er aufs Fahrrad stieg und ihr noch einmal zuwinkte.

Als sie sich umdrehte, stand Pat vor ihr. »Ist das ein Junge aus deiner Klasse?«

»Ja, sein Name ist Robin. Das hat er dir ja bereits gesagt. Er wohnt im Rosenhof und sein Vater arbeitet bei der Polizei.«

»So«, abrupt drehte sich Pat um, »bei der Polizei?«

ACHTZEHN

Stella hatte weder Freitagabend noch am Wochenende Gelegenheit gehabt, mit ihrem Vater zu sprechen. Pat war die ganze Zeit dabei gewesen und hatte ihm bei seinen Reisevorbereitungen geholfen. Sie wirbelte durch das Haus, als ob er für Monate mit der Nordstern unterwegs sein würde. Eines musste man Pat lassen, sie konnte wirklich gute Laune verbreiten. Ihr Vater war seit Langem nicht mehr so entspannt gewesen. Wie konnte sie ihm da von den Zeitungsartikeln erzählen, geschweige denn, von einem Obduktionsbericht sprechen?

Sie blieb daher die meiste Zeit in ihrem Zimmer und übte auf der elektrischen Gitarre für das Schulkonzert.

Schließlich war es so weit. Der Abschied fiel Stella schwer. Drei Tage wollte er wegbleiben.

Sie stand auf der Treppe vor dem Haus. Er legte den Arm um ihre Schultern. »Ich rufe jeden Tag an. Du hast meine Nummer. Wenn etwas ist, komme ich sofort zurück.«

Sie nickte und schluckte die Tränen hinunter. »Keine Panik, Bootsmann. Ich werde das Schiff schon schaukeln. Ich bin der Captain, oder?«

Er hätte das sagen müssen, nicht sie. Schließlich war er erwachsen. Sie aber war erst vierzehn und auf dieser Sandinsel gestrandet wie Robinson Crusoe mit nichts als einer Katze als Gefährten. Er drückte sie fest an sich und raunte ihr ins Ohr: »Du bist das Wichtigste für mich. Das einzig Wichtige.«

Pat kam aus dem Haus. Zu einer weißen Hose trug sie ein hellblaues T-Shirt. »Was flüstert ihr da?«

»Seefahrergeheimnis.« Er lächelte Stella verschwörerisch zu.
»So. Ihr habt also Geheimnisse vor mir«, lachte Pat. Auf hohen Schuhen folgte sie Johannes, der jetzt den Koffer im Auto verstaute. Auch dieser trug ein hellblaues Hemd. Sie gehörten zu einer Mannschaft, während Stella sich in ihrem rosa Sweatshirt vorkam wie Miss Piggy.
»Du musst dir keine Sorgen machen«, hörte Stella Pat sagen. Dabei strich sie ihrem Vater über die Anzugjacke. Keine Ahnung, ob sie ihn damit trösten wollte oder ob sie ein Fussel störte. Wahrscheinlich Letzteres. Pat war ein Ordnungsfreak.
»Stella und ich kommen zurecht, oder?« Pat zwinkerte Stella zu.
»Klar«, antwortete diese.
Ihr Vater hob die Hand, um ihr zuzuwinken.
In diesem Moment stellte sich Pat auf die Fußspitzen und küsste ihn auf beide Wangen. Ihre Hand ließ sie auf seiner Schulter liegen, als sei sie dort festgeklebt. Stella verzichtete daraufhin, zu ihm zu laufen und ihn zum Abschied zu küssen. Stattdessen hob sie Freitag auf ihren Arm und tippte sich an die Kapitänsmütze.
»Ist das seine neue Freundin?«, hatte Mary Shelley gefragt und ihre Oma hatte am Telefon gemeint, dass Gott sei Dank Pat da sei. »Ja, so eine Jugendfreundschaft«, hatte sie geseufzt, »die ist fürs Leben. Wenn man eine Freundin hat, auf die man sich verlassen kann, das ist ein Glück.«
Ihr Vater stieg ins Auto und Pat kam zurück zur Treppe. So standen sie einträchtig nebeneinander und winkten dem Wagen nach, dessen Räder im Kies knirschten, als er aus der Ausfahrt bog. Ihr Vater hupte noch einmal. Am liebsten wäre Stella ihm nachgelaufen. Ein Gefühl, das sie am besten ignorierte, denn angeblich war es nach dem Unfall normal, dass sie unnormal reagierte. Dennoch. Früher war es ihr egal gewesen, wenn ihr Vater verreiste. Aber da hatte sie neben ihrer Mutter gestan-

den, die den Arm um ihre Schultern legte, sie fest an sich zog und meinte: »Und jetzt machen wir es uns gemütlich.«

Sosehr Pat sich auch bemühte, es war einfach nicht dasselbe. Ihre Mutter hatte immer nach Sven gerochen, während Pat in eine Parfümwolke gehüllt war, von der Stella schlecht wurde. Bestimmt war das Parfüm mit Säften aus dem Verdauungstrakt von Walen hergestellt worden. Wenn Stella erwachsen war, würde sie auf keinen Fall Parfüm benutzen. Nicht nur, weil dafür Wale getötet wurden, wie ihr Vater ihr seit frühester Kindheit erklärt hatte. Weshalb störte ihn das bei Pat nicht?

Der Stoß mit dem Kopf gegen die seitliche Autoscheibe hatte mehr als einen Gedächtnisverlust bewirkt. Er hatte auch ihr Seelenleben durcheinandergebracht. Oder war es wirklich die Pubertät, wie Pat am Abend zuvor ihrem Vater erklärt hatte.

»Das ist eine schwierige Zeit.«

Okay, Stella hatte gelauscht. Sie hatte sogar ihr Ohr von außen an die Wohnzimmertür gelegt, um jedes Wort zu verstehen. Andererseits, es war verständlich, dass sie neugierig war. Schließlich gab es in ihrem Kopf Löcher, die sie füllen musste.

»Ich sollte mehr mit ihr sprechen«, hatte ihr Vater gesagt.

»Was willst du ihr denn sagen?«

»Alles. Sie ist alt genug, um es zu verstehen.«

»Du weißt . . . jede Aufregung.«

»Meinst du nicht, dass das Nichtwissen mehr Angst macht als das Wissen?«

»Du bist Wissenschaftler«, hatte Pat gesagt, »es ist natürlich, das du so denkst. Aber Stella ist krank. Sie hatte eine schwere Kopfverletzung. Sie würde es nicht verkraften.«

Stella hatte durch das Schlüsselloch gesehen. Das war absolut verboten . . . es war auch nicht viel zu sehen gewesen, egal . . . jedenfalls war Pat aufgestanden und hinüber zu dem Sessel ge-

gangen, in dem Johannes saß. Pat hatte ihm die Hand auf die Schulter gelegt und er hatte seine darübergelegt.
Was, verdammt noch mal, was durfte sie nicht wissen?
Sie wusste genau, in ihrem Kopf waren die Erinnerungen. Sie hatte sie nur am falschen Platz abgelegt. Mehr nicht. Aber Geheimnisse, von deren Existenz man weiß, waren beängstigend. Als ob man in der Luft schwebt und jederzeit fallen kann. Aber, halt, stopp, Geheimnisse waren auch, dachte sie plötzlich, wie der Ozean, wie der Weltraum. Sie waren nichts weiter als die Rückseite des Mondes. Man musste sie einfach erforschen. Das war alles.

Das Abendessen verlief schweigsam. Pats Absätze klapperten laut auf dem alten Steinboden, während sie hin- und herlief, um Tee zu kochen. Wie alle Erwachsenen war sie der Meinung, Tee oder Kakao sei eine Art Gegenzauber bei allen Problemen.
Stella beobachtete sie und überlegte, wie sie das Gespräch anfangen konnte.
»Hast du noch Hausaufgaben zu machen?«, riss Pat sie aus ihren Gedanken.
Stumm schüttelte sie den Kopf.
»Ist was?«
»Was darf ich nicht wissen?«, fragte Stella plötzlich.
»Wie meinst du das?« Pat sah sie verwirrt an.
»Ihr verheimlicht mir etwas.«
Pat drehte sich zum Spülbecken, stand dort eine Weile reglos und schaute zum Fenster hinaus.
»Was war mit Mama? Warum ist sie gegen diesen Baum gefahren?«
Pat seufzte tief, goss eine Tasse Tee ein, stellte sie vor Stella und sagte: »Trink!«

Stella umfasste die Tasse mit beiden Händen. »Ich merke doch, dass etwas nicht stimmt.«

»Du hast recht«, sagte Pat. »Und wahrscheinlich solltest du es wissen. Du bist alt genug.«

»Was sollte ich wissen?«

»Dein Vater wollte es dir von Anfang an sagen, aber ich war dagegen. Ich dachte, es sei besser so. Ich wollte dich schützen.«

»Wovor?«

»Deine Mutter war . . . ich meine, das hast du sicher gemerkt . . . nach der Geburt von Sven war sie einfach nicht mehr sie selbst.«

Was redete Pat da? Was meinte sie damit?

»Hast du nicht gemerkt, dass sie viel geweint hat, erschöpft war? Sie hat es offenbar nicht mehr ausgehalten.«

»Was hat sie nicht mehr ausgehalten?«

»Das Leben.« Pat trat hinter Stella und legte die Hand auf ihre Schulter. »Ich glaube, sie hat das Leben nicht mehr ausgehalten.«

»Das Leben mit uns? Mit mir, Sven und Papa?« Der Schock traf Stella unvorbereitet. Genauso gut könnte ihr Herz stillstehen, sie könnte aufhören zu atmen, zu essen, zu denken, zu laufen, zu schlafen. Die ganze Welt kam zum Stillstand.

»Du meinst, dass sie . . .« Nein, sie konnte es nicht aussprechen. Nicht einmal denken wollte sie es, aber Pat kam ihr nicht zu Hilfe. Stella wollte jetzt endlich die Wahrheit wissen, die ganze Wahrheit. »Du meinst, sie ist absichtlich gegen diesen Baum gefahren?«

»Ja«, hörte sie Pat wie aus weiter Ferne sagen.

»Warum habt ihr mir das nicht erzählt?«

»Stella, wie hätten wir dir das sagen können? Wie kann ein Kind den Gedanken ertragen, dass die eigene Mutter es mit in den Tod nehmen wollte?«

NEUNZEHN

Leise klimperte Stella in ihrem Zimmer auf der Gitarre. Ein Lied nach dem anderen. So leise, dass sie das Telefon im Flur klingeln hörte. Vielleicht war es ihr Vater. Sie könnte ihn fragen, ob es wirklich wahr war, was Pat ihr erzählt hatte, und warum er es ihr nicht gesagt hatte. Sie ging hinaus auf den Flur und wollte gerade die Stufen hinuntergehen, als sie hörte, wie Pat das Gespräch entgegennahm.
»Wer spricht da?«
Stella sah Freitag aus der Küche kommen. Es war die Zeit, in der die Katze ihr Fressen bekam. Von der Tür aus starrte sie Pat an und miaute laut. Pat ignorierte sie. Stella kratzte leise am Treppengeländer, um die Katze auf sich aufmerksam zu machen.
»Nein, Robin. Sie ist nicht da.« Pats Stimme war ungewöhnlich laut und aufgeregt. Offenbar hatte das Gespräch mit Stella ihr zugesetzt.
Inzwischen hatte Freitag Stella entdeckt. Aber warum kam die Katze nicht zu ihr? Stattdessen duckte sie den Kopf, und ihr Körper schien sich zusammenzuziehen. Ängstlich drängte sie sich an den Türrahmen und streckte die Pfoten nach vorne.
»Nein, ich weiß nicht, wann sie wiederkommt.«
Eine kurze Pause und dann antwortete Pat: »Ich richte es ihr aus.«
Pat legte das Telefon zurück und ging in die Küche.
Als sie sich Freitag näherte, richtete die Katze sich auf. Ihr Körper krümmte sich, und sogar von oben konnte Stella sehen, wie sich ihr Fell sträubte. Der Schwanz ging steif in die Höhe. Sie

fauchte laut und raste dann, so schnell sie konnte, hoch in Stellas Zimmer, wo sie sich aufs Bett flüchtete.
Stella legte sich zu ihr.
Warum hatte Pat sie nicht ans Telefon gerufen? Dachte sie, dass sie Ruhe brauchte? Dabei brauchte sie gerade jetzt jemanden, mit dem sie reden konnte.
Tränen schossen ihr in die Augen.
Hatte Robinson Crusoe geweint?
Nein!
Hatte Freitag geweint?
Nein!
Robin hatte gesagt, sie müsse sich erinnern wollen. Das war der einzige Weg.
Idiot!
Ein verdammter Klugscheißer, das war er!
Sie wollte es machen wie Mary. Sie hatte gesagt, sie wolle etwas vergessen. Was wollte sie vergessen? Diesen seltsamen Bauernhof? Den betrunkenen Vater? Was war mit ihrer Mutter? Die Angst kam wieder hoch. Die Angst, dass auch sie hätte tot sein können, weil ihre Mutter genau dies gewollt hatte. Dass sie, Stella, starb.
Nur ihr Vater konnte ihr helfen. Er musste ihr die Wahrheit sagen. Es musste eine andere Erklärung geben. Sie suchte nach ihrem Handy, das in der Vordertasche des Rucksackes steckte. Er hatte gesagt, sie könne ihn jederzeit anrufen.
Doch es meldete sich lediglich die Mailbox.
Sie schaltete das Handy aus und warf sich aufs Bett. Die Tränen kamen plötzlich, wie ein Unwetter. Ihr Körper schüttelte sich. Seltsamerweise war kein Laut zu hören. Das Schluchzen schien tief in ihrem Inneren stattzufinden. Das Gesicht in das Kissen gedrückt, weinte sie stumm und verfluchte sich selbst, dass sie vergessen hatte, was offenbar alle wussten. Die Wahrheit.

Stella wischte die Tränen weg.
Woran erinnerte sie sich?
Was war in diesen Tagen bei Pat passiert? Nachdem sie angekommen waren? Ihr Kopf blieb leer. Nichts als dieses Rauschen, wie wenn der Fernseher ausfällt. Ein hoher Ton in den Ohren und die Schrift »Bitte entschuldigen Sie die Unterbrechung«. Neben ihr fuhr Freitag in die Höhe. Erst jetzt wurde Stella klar, dass sie eingeschlafen war. Hatte sie das Ganze geträumt?
Da war es wieder, dieses Klopfen.

TACK. TACK.
Es ist Abend.
Der Fensterladen schlägt gegen die Mauer.
Pat sagt etwas zu meiner Mutter.
Ich kann es nicht verstehen.
Und dann?
Mama weint laut und ruft: »Nein, ich kann das nicht glauben. Ich glaube es nicht.«
Was glaubt sie nicht? Was hat Pat ihr erzählt?

TACK. TACK.
Es kam vom Bullauge. Es war weder Regen noch Hagel. Schlugen die Äste des Nussbaums gegen das Fenster? Nein, ausnahmsweise war es windstill. Sie sprang auf. Das Fenster ging zum hinteren Teil des Hauses hinaus.
Steine.
Jemand stand unter dem Bullauge und warf Kiessteinchen gegen die Scheibe.

ZWANZIG

Es war Robin. Er stand unter Stellas Fenster an den alten Stamm des Walnussbaums gelehnt. Die Hände in den Taschen seiner Jeans vergraben, hatte er den Kopf in den Nacken gelegt und schaute zu ihr hoch.

»Ein echter Fall von Romeo und Julia, oder?« Ein Grinsen trat auf seine Lippen, das in Stella ein Gefühl verursachte, als würde sie im Kettenkarussell durch die Luft fliegen.

»Darauf kann ich verzichten.«

»Ich finde, es hat etwas.«

»Was willst du?«

»Schlechte Nachrichten.« Sein Gesicht verdüsterte sich. »Ich habe angerufen, aber diese Pat sagte, dass du nicht da bist.«

»Ich glaube, sie will mich schonen. Was gibt es denn?«

»Komm runter.«

»Es ist schon spät. Pat lässt mich jetzt nicht mehr gehen. Lass uns morgen in der Schule reden.«

»Es ist wichtig.«

»Psst.« Stella legte den Finger an den Mund, als sie draußen auf der Treppe Schritte hörte. Sie verharrten kurz vor ihrem Zimmer und stiegen dann zum Dachboden hoch. Die Holzstufen knarrten bei jedem Schritt.

Robin gab ihr lautlos zu verstehen, dass er hochkommen wollte.

Sie schüttelte den Kopf.

Besser sie stieg nach unten. Der Ast des Nussbaums, er wuchs fast bis in ihr Zimmer hinein. Stella beugte sich zum Fenster hinaus. Das waren mehr als fünf Meter. Ein Abgrund. Ihr wurde augenblicklich schwindelig. Als ob die Erde sich umkehrte. Oben war der Boden, unter ihren Füßen der blaue Himmel. Resigniert hob sie die Schultern.

»Leiter?«, fragte Robin leise. Mit seinen Händen deutete er an, wie er sich an Sprossen hochhangelte. Stella zeigte auf die Garage.

Sie sah ihm zu, wie er an der Hauswand entlangschlich. Sein Körper verschmolz mit der Landschaft. Die braune Hose und das gleichfarbige T-Shirt waren die perfekte Tarnung. Wenn er sich ins Gras warf, könnte er leicht mit einem Maulwurfshügel verwechselt werden. Es schien, als habe er sich für diesen Einsatz vorbereitet.

Sie ging zurück zur Tür und horchte. Laute Schritte liefen auf dem Dachboden hin und her. Stella hörte, wie Kisten verschoben wurden. Pat war beschäftigt. Unwillkürlich drehte sie sich zum Fenster um und sah gerade noch, wie Freitag auf den Baum sprang.

»Freitag! Bleib hier, Freitag!«

Zu spät. Die Katze verschwand im Dunkeln. Stella rannte zum Fenster und sah Freitag von einem Ast zum anderen springen. Fast wäre er abgerutscht, konnte sich jedoch gerade noch mit den Krallen festklammern. Offenbar versetzte dieser Moment der Unsicherheit ihm solch einen Schrecken, dass er wie von der Tarantel gestochen den Baumstamm hinunterraste. Unten angekommen, quetschte er sich durch den Zaun und verschwand auf der anderen Seite im hohen Gras.

In diesem Moment kam Robin in gebückter Haltung um die Ecke. Zentimeter für Zentimeter zog er die lange Aluleiter hinter sich her.

»Freitag!«, rief Stella verzweifelt.

»Was?«

»Freitag ist verschwunden. Er ist auf der anderen Seite, dort im Gras, er ist noch viel zu klein . . .«
Robin ließ die Aluleiter fallen und sprang über den Zaun.
Vor Aufregung hatte Stella Pat vergessen. Sie bemerkte erst jetzt, dass diese die Treppe vom Dachboden herunterkam. KLACK. KLACK. KLACK. Die Absätze klapperten hörbar. Dann Stille und im nächsten Moment klopfte es an der Tür.
Stellas Herz schlug laut. Als der Türgriff nach unten ging, lag sie bereits unter der Bettdecke. Schnell schloss sie die Augen. Ihr Atem ging stoßweise. Sie zog die Decke, soweit es ging, über den Kopf.
Sie biss sich auf die Unterlippe. Pat würde merken, dass sie nicht schlief. Als sie neben ihrem Bett stand, öffnete Stella die Augen.
»Was ist los?«, murmelte sie.
»Hast du geschlafen?«
»Hm.«
Pat ging zum Fenster.
Stellas Herz klopfte laut. Pat musste es hören.
Die Leiter!
Robin!
Welche schlimmere Strafe gab es als Gefängnis?
Keine, dachte Stella, nur die Todesstrafe.
Pat schloss das Fenster, ohne einen Blick hinauszuwerfen.
»Sonst kommen die Fliegen herein.«
Stella zuckte mit den Schultern.
»Geht es dir besser?« Pat stellte den Stuhl gerade vor den Schreibtisch und rückte den Stapel Bücher zurecht, auf dem obenauf Stellas Tagebuch lag.
»Ja.«
»Dann schlaf gut!«
»Du auch.«

Sobald Stella Pats Schuhe auf dem Fliesenboden unten im Flur klacken hörte, sprang sie aus dem Bett und rannte zum Fenster. Sie sah Robins Kopf hinter dem Zaun.
»Sie ist weg«, rief sie.
Er richtete sich auf. »Puh, gerade noch mal gut gegangen.«
»Was ist mit Freitag?«
»Der sitzt vor einem Mäuseloch und rührt sich nicht. Wir holen ihn später.«
Robin lehnte die Leiter an den Stamm. Sie reichte gerade bis zu dem Ast, der unter dem Bullauge endete. Wenn er in ihr Zimmer gelangen wollte, musste er auf den Baum steigen.
»Ich komme hoch.«
»Pass auf!«
»Keine Angst. Ich bin ein guter Kletterer. Wäre allerdings noch besser, wenn sich nicht immer alle Sorgen machen würden, dass mir die Luft ausgeht.«
Stufe für Stufe kletterte er nach oben und setzte schließlich den Fuß auf den Baum. Der Ast gab ein Stück nach und bog sich nach unten. Ein lautes Knacken war zu hören. Blätter raschelten. Einige Nüsse fielen zu Boden. Robin griff nach dem nächsten Ast und schwang sich eine Stufe höher. Der Walnussbaum rauschte, als ob er sich beschwere. Schließlich hatte Robin das Fenstersims erreicht. Seine Hände griffen nach dem Stein. Er holte Schwung. Der Ast schnellte nach oben und eine Sekunde später stand sein Fuß auf dem Fensterbrett. Dann folgte der zweite.
»Na, wie war ich?« Robin stand grinsend im Zimmer.
Stella war zu nervös, um ihn zu bewundern. »Was ist so wichtig?«
Er zog ein Blatt aus der Hosentasche.
»Ich habe noch einen Zeitungsartikel.«
»Und?«

»Möchtest du es wirklich wissen?«
»Du hast gesagt, dass ich mich der Wahrheit stellen soll.«
»Ja, aber es ist wirklich schlimm, was sie schreiben.«
»Was denn?«
»Offenbar glauben alle, dass deine Mutter absichtlich gegen den Baum gefahren ist.«
Stella zuckte zusammen. Ihr Körper wurde starr. Es stimmte also.
»Ich weiß. Pat hat es mir erzählt«, brachte sie mühsam hervor. War es wirklich wahr? Es musste wahr sein. Ihre Mutter hatte geweint.
»Hör zu«, sagte Robin. »Das muss gar nichts heißen. Die Zeitungen schreiben immer solche Sachen, und solange die Unfallursache nicht geklärt ist, gibt es immer nur Vermutungen.«
»Das war es also, was Vanessa gemeint hat«, wurde Stella schlagartig klar.
Er zuckte mit den Schultern. »Vanessa ist schlimmer als die Bildzeitung.«
»Offenbar spricht bereits die ganze Insel darüber, nur ich weiß nichts davon.«
Stella schwieg.
»Was ist los?«
»Nein. Ich muss ... verstehst du. Ich brauche einfach ... ich will nachdenken.«
»Sicher?« Robin nahm ihre Hand und hielt sie fest.
»Sicher.«
»Morgen in der Schule?«
»Ja.«
»Versprochen?«
»Versprochen.«
Robin beugte sich nach vorne. Sein Mund näherte sich ihrem Gesicht. Stella atmete tief durch. War das der Moment? Jetzt?

Sie öffnete die Augen erst wieder, als sie Pat hörte.
Robin war verschwunden.
»Stella?« Pats Stimme klang nervös und besorgt von unten herauf. »Bist du noch wach?« Sie kam die Treppe hoch. »Mit wem sprichst du denn?«
Hatte er sie wirklich geküsst? Auf den Mund? Ihre Finger strichen über die Lippen. Sie zitterten noch immer.
»Mit Freitag«, rief sie und lächelte. »Mit wem sonst?«

EINUNDZWANZIG

Als Stella am nächsten Morgen erwachte, fühlte sie sich total zerschlagen. Ihr Kopf dröhnte und eine leichte Übelkeit machte sich bemerkbar. Das Haus lag in völliger Stille. Nichts regte sich. Als ob es noch sehr früh wäre. Dennoch spürte Stella, dass es Zeit zum Aufstehen war. Doch heute kam sie nur langsam in die Gänge. Erstaunt stellte sie fest, dass ihre Decke zu Boden gerutscht war und sie in ihren Kleidern auf dem Bett lag. Was war gestern Abend passiert?

Etwas war anders als sonst. Wo war Freitag? Es dauerte einige Minuten, bis ihr klar wurde, dass die Katze seit gestern Abend verschwunden war. Sie war durch das Bullauge geklettert und hatte sich auf Mäusejagd begeben.

Stella sprang aus dem Bett und rannte hinunter in die Küche, wo Pat bereits am Frühstückstisch saß.

»Wo ist Freitag?«, rief sie aufgeregt.

»Guten Morgen, mein Schatz.«

»Wo ist Freitag?«

»Freitag? Ich dachte, er ist bei dir im Zimmer.«

»Nein.«

»Ich habe ihn heute Morgen noch nicht gesehen. Aber er kann ja nicht weit sein.«

Sollte Stella erzählen, dass die Katze aus dem Fenster geklettert war?

»Und wenn er wieder draußen ist? Er ist noch zu klein dazu.«

»Beruhige dich. Es wird schon nichts passiert sein.«

Stella hörte gar nicht richtig, was Pat sagte. Sie rannte zur

Haustür. Bestimmt würde Freitag dort sitzen. Er hatte seit Stunden nichts mehr zu fressen bekommen und sie glaubte nicht, dass die kleine Katze in der Lage war, sich Mäuse zu fangen.
Draußen im Hof war Freitag jedoch nicht.
Vielleicht im Schuppen?
Sie zog die Tür auf. Gartengeräte, Besen, die Leiter, ein altes Fahrrad.
»Freitag! Freitag!«, schrie sie immer verzweifelter. Was, wenn ihre Katze verschwunden war? Wenn sie sich verirrt hatte? Sie alleine gelassen hatte?
»Stella!« Sie ignorierte Pats Rufe.
»Freitag! Komm, Kätzchen, komm.«
»Du musst zur Schule. Komm herein frühstücken.«
»Nein! Ich muss erst Freitag finden.«
»Ich verstehe nicht, wie sie hinausgekommen sein soll. Meinst du, sie war die ganze Nacht draußen? Hast du gestern Abend nicht bemerkt, dass sie weg ist? Die Haustür war doch seit acht Uhr abgeschlossen. Ich war nicht mehr draußen, du etwa?«
Stella schüttelte den Kopf.
»Dann verstehe ich das nicht.«
»Wir müssen sie suchen«, rief Stella niedergeschlagen.
»Beruhige dich. Sie hat sich die Nacht über verkrochen. Aber wir stellen ihr den Fressnapf vor die Tür. Wenn sie Hunger hat, kommt sie schon wieder.«
Stellas Panik wuchs. Sie war schuld. Sie hätte gestern Abend noch nach Freitag suchen müssen. Aber sie wusste gar nicht mehr, wie sie ins Bett gekommen war. Sie hatte sich nicht einmal ausgezogen. Wusste sie überhaupt noch, was Wirklichkeit war und was Fantasie?
Pat trat auf sie zu und legte den Arm um ihre Schultern. »Sie kommt sicher wieder. Übrigens, heute habe ich einen Termin

auf dem Festland. Ich werde erst spät am Abend zurückkommen. Du hast deinen Fisch gestern nicht fertig gegessen. Du kannst ihn zum Mittagessen aufwärmen.«
Pat lächelte.
Stella atmete auf. Sie hatte einen ganzen Tag alleine.

Mary war schon da, als Stella ins Klassenzimmer kam. Sie trug Kopfhörer und würdigte sie keines Blickes. Stella zog den Brief aus der Tasche, um ihn ihr zu geben. Doch Mary starrte stur gerade aus, auch als Robin an den Tisch trat.
»Was ist mit Pat?«
»Sie fährt heute aufs Festland.«
»Dann komme ich vorbei.«
Stella antwortete nicht, weil die Claasen das Klassenzimmer betrat und wie immer sofort mit dem Unterricht begann. Jede Stunde fixierte sie einen Schüler lange durch ihre Brille, bevor sie ihn zu sich nach vorne zitierte. Heute hatte sie sich Mary ausgesucht, die jedoch nicht reagierte, weil sie immer noch Musik hörte. Die Claasen musste wirklich schlecht sehen trotz ihrer dicken Brille.
»Antje«, rief sie erneut. Keine Reaktion. Wenn Mary nicht aufstand, würde sie mit Sicherheit eine Sechs kassieren. Stella konnte nicht anders. Sie stieß Mary in die Seite, um sie auf die Lehrerin aufmerksam zu machen. Mary nahm die Kopfhörer ab. Ihr Blick allein schien Stella töten zu wollen: »Lass deine Finger von mir.«
»What's the matter?«, fragte die Claasen und kam zu ihrem Tisch.
»Ich möchte nicht länger neben dieser Verrückten sitzen, die sich nicht mehr an ihre Mutter erinnern kann. Sie hat nicht einmal ein Bild von ihr. Das ist doch nicht normal.«
Die ganze Klasse hielt den Atem an.

»Halt die Klappe, Frankenstein«, sagte Robin.
»Bullensöhnchen«, gab Mary zurück.
»Was ist hier los?« Vor Aufregung wechselte die Claasen gegen ihre Gewohnheit ins Deutsche und schaute Stella an, die wie versteinert aufstand. Die Robbie-Williams-Gang drehte sich zu ihr um. Vanessa grinste. Die Metallbrackets sahen aus wie eine Reihe Haizähne. Stella hatte völlig vergessen, dass sie in einem Haifischbecken gelandet war.
»Antje, steh auf!«
Antje blieb sitzen.
»Antje, steh sofort auf!« Die Stimme der Claasen überschlug sich vor Aufregung.
Betont langsam erhob das Mädchen sich. Dabei setzte sie wieder den Kopfhörer auf, was die Claasen nun endgültig zum Überkochen brachte.
»Du verlässt augenblicklich die Schule. Wir werden deinen Vater benachrichtigen.«
»Das ist ihm scheißegal!«, antwortete Antje.
Stella, die noch immer stand, spürte, wie das Mädchen neben ihr zitterte. So cool, wie sie tat, war sie nicht. Sie hatte beschlossen, keine Regeln der Erwachsenen mehr zu akzeptieren. Mary war tapfer und mutig, während sie selbst feige war. Sie war zu feige, um die Erwachsenen nach ihren Lügen zu fragen.
Mary packte ihre Tasche.
»Hier«, Stella schob ihr den Brief zu, »der ist für dich.«
Mary schaute desinteressiert auf den Umschlag, bis sie plötzlich blass wurde. Sie riss den Brief an sich, stand auf und verließ, ohne sich noch einmal umzudrehen, das Klassenzimmer, während die Claasen ihr schockiert nachstarrte. Auch als Mary den Raum längst verlassen hatte, haftete ihr Blick immer noch an der Tür.

Erst als das Gekicher und das Getuschel in der Klasse an Lautstärke zunahm, drehte sich um.
»Kommen wir zu Aktiv und Passiv im Englischen.«

In der Pause kam Robin zu Stella.
»Was ist denn mit Mary los? Sie war ja schon immer durchgeknallt, aber so wie heute habe ich sie noch nie erlebt.«
»Sie ist in dich verliebt.«
Robin starrte sie an. »Was?«
»Sie ist total in dich verknallt und auf mich eifersüchtig. Hast du das nicht bemerkt?«
»Sehe ich etwa so aus wie diese Gothictypen, mit denen sie am Friedhof rumhängt?«
Stella schüttelte langsam den Kopf.
»Sie hängt mit niemandem auf dem Friedhof herum. Sie sitzt dort allein und liest irgendwelche seltsamen Gedichte über den Tod. Und . . .«, jetzt plötzlich wurde Stella etwas klar »es gibt auch außer ihr niemanden in diesem Chatroom.«
»Früher war sie voll in Ordnung, bis ihre Mutter abgehauen ist . . .«
»Ihre Mutter ist abgehauen?«
»Vor einem Jahr. Mit so einem Touristen, der bei ihnen ein Zimmer hatte. Das war voll der Skandal, verstehst du. Danach ist Antje total abgedriftet. Ich meine, diese Frankensteingeschichte, das ist wirklich gruselig, dass da einer aus Menschenknochen einen neuen Menschen erschafft und ihm Leben einhaucht.«
»Aber auch traurig. Schließlich ist dieses hässliche Monster total verzweifelt, weil es sich danach sehnt, dass jemand es mag.«
Robin schaute sie an: »Du kennst das Buch?«
»Nein, ich habe das aus dem Internet.« Sie schwieg einige Se-

kunden und fuhr fort: »Bringt Frankenstein nicht alle möglichen Leute um . . .?« Sie konnte nicht weitersprechen. Diese Gedanken waren absurd. Einfach völlig daneben.
»Was?«, fragte Robin.
»Lies das!« Sie hielt ihm Marys Mail hin.
Er las den Text durch »Die spinnt ja noch mehr, als ich dachte.«
Der Pausengong ertönte.
»Sicher ist es Mary, die immer anruft. Und sie war neulich in unserem Haus.«
Der Pausengong ertönte zum zweiten Mal.
»Wir müssen in die Klasse«, sagte Robin. »Jedenfalls knöpfe ich sie mir vor. Sie kann nicht einfach solche Mails schicken. Du kannst sie dafür anzeigen. Mit vierzehn fällt sie unter das Jugendstrafrecht.«
»Freitag ist immer noch weg.«
»Mach dir keine Sorgen. Katzen haben sieben Leben.«

Als Stella nach Hause kam, war Freitag weiterhin verschwunden. Sie warf sich aufs Bett und dachte an Mary. Auch deren Mutter war weg, aber sie war nicht tot.
Mama war nicht freiwillig gestorben. Nein, das konnte nicht sein. Sie wollte das nicht glauben. Sie musste sich erinnern. Erinnere dich!
Stella suchte verzweifelt nach irgendetwas, irgendeinem Bild, und sei es auch noch so winzig klein, das ihr die Vergangenheit erklärte. Doch ihr Kopf war leer. Leer. Leer. Leer.
Unten läutete das Telefon. Sie stand auf. Vielleicht war es ihr Vater? Er hatte sich seit seiner Abreise nicht mehr gemeldet. Auch das war nicht normal. Sonst telefonierte er mindestens einmal am Tag mit ihr, um sich zu überzeugen, dass es ihr gut ging. Stella rannte nach unten. Sie musste ihn fragen, ob ihre Mutter sich tatsächlich . . . Nein, es konnte nicht sein. Aber

wenn jemand ihr diese Frage beantworten konnte, dann Johannes. Er war der Einzige, den sie noch hatte. Außer Robin.
Sie nahm das Gespräch entgegen. Bereits in dem Moment, in dem sie den Telefonhörer in der Hand hielt, wusste sie, dass das ein Fehler war.
Sie hatte es satt. Wirklich satt. Das konnte niemand anders als Mary sein.
»Hör auf damit, Mary«, rief sie. »Das ist nicht mehr lustig. Ich habe dir doch nichts getan.«
Am anderen Ende hörte sie jemanden atmen. Nein, das war kein Atmen. Jemand lachte. Heiser. Kaum hörbar. Wie das Rascheln von Laub.
»Mary?«
Wie immer legte der Anrufer auf und gleich darauf ertönte das gleichmäßige Tuten im Hörer. Stella warf das Telefon auf die Halterung. Es fiel zu Boden und zersprang auf dem Steinboden.
Sie hob die Einzelteile auf und versuchte, sie wieder zusammenzusetzen. Es gelang ihr. Trotzdem blieb die Leitung tot, als sie den Hörer an ihr Ohr hielt.
Auch das noch. Wenn Robin jetzt anrief, würde er sie nicht erreichen. Und seine E-Mail-Adresse hatte sie nicht.
Sie ging in die Küche. Auf dem Küchentisch lag ein Zettel von Pat. *Fisch ist im Kühlschrank. Guten Appetit, mein Schatz.* Pat meinte es mit Sicherheit gut, aber sie wollte einfach nicht wahrhaben, dass Stella keinen Fisch mehr aß. Sie nahm das Essen aus dem Kühlschrank und wollte es gerade in den Mülleimer werfen, als ihr einfiel, dass Pat die Reste dort finden würde. Besser war, sie spülte sie die Toilette hinunter. Sie ging mit dem Teller hoch ins Bad, das nach Pats Parfüm roch. Der süßliche Geruch nach Räucherstäbchen verursachte ihr Kopfschmerzen.
Doch da war noch etwas anderes.
Ein Gedanke am dunklen Horizont ihrer Erinnerungen. Wie das

Schiff, das Robinson als Ausweg erschien, aber am Ende immer eine Gefahr barg. Dieser Parfümgeruch.
Hast du ein neues Parfüm?, hatte ihre Mutter gefragt.
Pat hatte ihr den Arm hingestreckt und irgendetwas gesagt. Wie war der Name gewesen? Sie musste dieses Bild festhalten. Wie ihre Mutter und Pat unter dem Fenster saßen und sich unterhielten. Warum hatte ihre Mutter geweint? Warum? Dr. Mayer hatte gesagt, wenn sich irgendwo ein loses Ende finde, ein Erinnerungsfädchen, dann müsse sie fest daran ziehen, damit ihr Gedächtnis wiederkomme. Sie musste Pats Parfüm finden.

ZWEIUNDZWANZIG

Pats Kosmetiksachen waren nicht im Bad.
Also mussten sie in ihrem Zimmer sein. Langsam näherte sich Stella der Tür zum Gästezimmer. Sie stand einen Spalt offen. Zögernd blieb sie stehen und horchte.
Sie konnte nicht einfach in Pats Zimmer gehen.
Dann die Angst, Pat sei gar nicht weg! Sie wartete in diesem Zimmer auf sie.
Blödsinn!
Natürlich war sie weg.
Sie hatte sie wegfahren sehen. Ihr Sportwagen stand nicht mehr vor der Tür. Sie würde erst am Abend zurückkommen.
Reiß dich zusammen, Stella. Sonst haben alle recht, die dich verrückt nennen. Vielleicht ist deine Festplatte gelöscht, aber es wird Zeit, dass du sie mit Daten füllst.
Stella stieß die Tür auf und trat ein. Sie war noch nie hier gewesen.
Im Zimmer hing der süßliche Geruch von Pats Parfüm.
»Ein bisschen aufdringlich«, hatte ihre Mutter gesagt und Pat hatte mit leicht beleidigtem Unterton geantwortet: »Findest du?«
Der Raum war, wie erwartet, tadellos aufgeräumt. Die Wände hellblau gestrichen. Die Möbel erstrahlten in hellem Weiß und rochen noch neu. Das Bett war ordentlich gemacht. Nichts stand herum. Als würde hier niemand wohnen.
Stella ging einen Schritt weiter. Der Holzboden unter ihren Füßen knarrte. Der nächste Schritt. Einer nach dem anderen, bis

sie vor dem Schrank stand. Ihre Hand griff nach dem Türknauf aus Messing. Was sie machte, war nicht okay. Mit Sicherheit nicht. Es war strafbar. Verletzung der Privatsphäre. Pat war ein Gast, sie kümmerte sich liebevoll um sie, versuchte sie zu beschützen und sie, Stella, hinterging sie, indem sie in ihrem Zimmer herumschnüffelte. Würde ihr Vater das erfahren, dann würde sie verdammt viel Ärger bekommen. Vielleicht würde man sie auf eine der unbewohnten Inseln in der Nordsee aussetzen.

»Dann setz ich dich auf einer der Halligen aus.« Ihre Mutter hatte ihr immer damit gedroht, als sie klein war. Natürlich hatte sie gewusst, dass das Spaß war, dennoch hatten einsame Inseln seit dieser Zeit etwas Bedrohliches für sie.

Sie zog die Tür zum Schrank auf. Sie quietschte laut. Wieder hielt sie inne. Ihr Herz schlug laut.

Der rote Koffer lag im obersten Fach. Daneben stand der Schminkkoffer. Stella zog ihn herunter und öffnete ihn. Auf den ersten Blick das Übliche. Duschgel, ein durchsichtiges Täschchen mit Schminkutensilien, Medikamente wie Aspirin, Diazepam, Biofax, Dulcolax. Die Parfümflasche lag im Seitenfach. *Magie Noire* – Schwarze Magie. Das war es. Das hatte Pat gesagt.

»Magie Noire«, sagt sie und lacht. »Kennst du das nicht?«
»Nein«, antwortet Mama. »Lass mich noch mal riechen.«

Stella öffnete das Fläschchen und roch daran. Das war Pat. Es war, als ob sie sich im Zimmer befand. Neben ihr stand. Sie hörte ihre Stimme. Spürte sie. Ein Schauer lief über ihren Körper.

»Du hast das tatsächlich noch nie gerochen?«, fragt Pat.
Ihre Stimme macht mir Angst.
»Was soll das, Pat. Warum sollte ich das kennen?«

»*Hast du es noch nie an Johannes bemerkt?*«
»*Johannes? Wie kommst du darauf?*«
Stille.
Ich beuge mich weiter aus dem Fenster. Die Luft ist frisch. Der Wind weht Pats Stimme zu mir hoch.
»*Kennst du sie nicht, diese Corinna? Seine junge, schöne Assistentin?*«
»*Was ist mit ihr?*«
»*Sie benutzt dieses Parfüm. Sie hat es mir empfohlen.*« *Pat lacht leise.*
»*Du bist wirklich naiv, Kerstin.*«
»*Was meinst du. Du meinst doch nicht . . .*«
»*Glaubst du wirklich, dein Mann macht Überstunden? Mit dieser hübschen Assistentin? Und . . .*«
Der Wind schlägt um.
Ich kann nichts mehr verstehen.
Dann fängt es an zu regnen. Nein, es ist meine Mutter, die weint.

Stellas Herz schlug zum Zerspringen. Ihr Kopf dröhnte. Deshalb hatte ihre Mutter geweint. Pat! Sie hatte ihr erzählt, dass ihr Vater, Stellas Vater . . . Nein! Das konnte nicht sein. Nein! Aber ihre Mutter hatte geweint. Sie hatte Pat geglaubt! Hatte sie deshalb . . .? War sie deshalb an den Baum gefahren? Hatte sie sich deshalb umbringen wollen?
Stellas Blick fiel auf etwas anderes in Pats Koffer. Es glitzerte. Ihre Hand griff hinein. Sie zog es hervor. Grüne Ohrringe, die wie eine Raute geformt waren und aus vielen Perlen bestanden. Sie kannte diese Ohrringe genau. Sie hatten ihrer Mutter gehört.
Stellas Hände zitterten.
Was hatte das zu bedeuten? Hatte das überhaupt etwas zu bedeuten?
War es Zufall?
Zufall?

Es gab eine Möglichkeit, dies festzustellen. Sie musste herausfinden, ob Pat noch andere Dinge besaß, die ihrer Muter gehört hatten. Pats Kleider hingen in Reih und Glied. Ein Rock neben dem anderen. Alle in ähnlichen Stoffen und den typischen Farben, die ihre Mutter immer getragen hatte. »Weil ich«, wie sie sagte, »der absolute Schneewittchentyp bin.« Blautürkis, Indigo, Pink, Flieder, Schwarz, Weiß. Das waren ihre Lieblingsfarben gewesen. Dieselben wie sie nun in Pats Schrank hingen. Stella erstarrte. Es waren die Kleider ihrer Mutter. Sie erkannte es an vielen Einzelheiten. Hier war der Riss in dem türkisblauen Rock. Dort ein leichter Schatten auf der weißen Bluse, weil Sven einmal einen Rest Milch daraufgespuckt hatte. Und ganz unten standen aufgereiht die Schuhe. Die schwarzen Pumps mit den roten Blumen, daneben die braunen Stiefel mit den hohen Absätzen, die an der Ferse bereits abgestoßen waren.
Was hatte das zu bedeuten?
Stella konnte nicht anders. Ihre Hände griffen automatisch nach den Kleidern. Sie drückte ihr Gesicht in den Stoff. Warum besaß Pat die Kleider ihrer Mutter und sie nicht einmal ein Foto?
Robin. Sie musste ihn anrufen. Dann fiel ihr wieder ein, dass das Telefon kaputt war.
Ihr Handy. Oder besser gleich mit dem Fahrrad zum Internat. Als es in diesem Moment an der Haustür klingelte, schrak sie zusammen. Als hätte sie jemand bei einem Einbruch erwischt. War es Robin? Schnell räumte sie die Sachen zurück in den Schrank, ohne einen Gedanken daran zu verschwenden, ob Pat bemerken würde, dass sie in ihren Sachen gewühlt hatte. Ihren Sachen? Von wegen. Es waren die Sachen ihrer Mutter. Nicht Pats. Sie rannte nach unten. Als ihre Hand bereits auf dem Türgriff lag, zögerte sie. Ein unbestimmtes Gefühl der Bedrohung machte sich in ihr breit.

Erst wenn du mutig genug bist, hatte Dr. Mayer zu ihr gesagt, *eine Tür nach der anderen in deinem Gedächtnis zu öffnen, wird deine Erinnerung wiederkommen.*
Sie drückte die Klinke nach unten und zog die Tür langsam auf.
Alles war ruhig und friedlich.
Niemand war da.
Ihr Fuß stieß gegen irgendetwas. Sie schaute nach unten.
Ein Bündel lag auf dem Fußabstreifer.
Nein. Kein Bündel.
Freitag.
Freitag würde nie mehr auf Mäusejagd gehen.
Er war tot.

DREIUNDZWANZIG

Freitags Kopf lag an ihrer Brust, als sie ihn hoch in ihr Zimmer trug und aufs Bett legte. Seine Augen waren geschlossen. Um seinen Mund hing weißer Schaum, als hätte er an Milch oder Sahne geleckt.
Die Tränen liefen Stella über das Gesicht. Sie wischte sie nicht weg. Wieder und wieder strich ihre Hand über das Fell. Es fühlte sich so seidenweich an wie immer, nur dass Freitag nicht den Kopf hob wie sonst und sie voller Vertrauen anschaute.
»Freitag, Freitag«, rief sie seinen Namen erst leise, dann immer lauter.
Was sollte sie tun?
Sie konnte die Katze nicht im Zimmer liegen lassen, aber sie würde es auch nicht schaffen, sie draußen im Garten zu vergraben.
Sie musste etwas tun. Ihr erster Gedanke war wegzulaufen. Nie wieder zurückkehren. Weg von dieser Insel, weg von diesem Haus. Weg von Pat. Pat, die die Kleider ihrer Mutter trug, die sie auf diese Insel gelockt hatte. Weg von Mary. Sie musste ihren Vater anrufen. Wenn er erfuhr, dass Freitag tot war, dann . . . dann kam er zurück, dann brachte er sie fort von hier. Was auch immer er getan hatte.
Sie zog das Handy aus der Schultasche und wählte seine Nummer. Das Telefon war ausgeschaltet. Die Mailbox sprang an.
»Freitag, Freitag ist tot«, stammelte Stella in das Telefon und brach plötzlich ab.
Du kannst mich jederzeit anrufen, hatte er gesagt.

Lüge. Falsche Versprechungen.

Zitternd kroch sie aufs Bett neben Freitag, legte ihren Kopf, wie sie es gewohnt war, auf seinen Körper und vergrub ihr Gesicht in seinem noch warmen Fell.

Sie zuckte zusammen.

Eine leise Bewegung war zu spüren.

Hatte Freitag sich bewegt?

Sie hob den Kopf. Ihre Hand presste sich fest auf den Körper der Katze. Täuschte sie sich oder war es tatsächlich zu spüren, dieses leise Klopfen? Wie wenn eine Uhr tickt. Langsam, aber immer wieder. Tick, Tick, Tick.

Ein Herzschlag wie der eines Vogels.

Ihre Hände strichen zärtlich über das Fell der Katze. Ihr Mund legte sich an ihr Ohr und flüsterte ihren Namen.

»Freitag!«

»Freitag!«

Hatte der Schwanz sich bewegt?

Ging der Körper auf und ab im Rhythmus seines Atems?

Ja, er lebte noch. Freitag lebte. Er war nicht tot.

Die Schnurrhaare zitterten.

Was tun?

Ein Arzt. Sie musste so schnell wie möglich zum Tierarzt. Wie war sein Name? Sie war einmal dort gewesen, um Freitag impfen zu lassen. Doch der Name wollte ihr nicht einfallen. Das Telefonbuch. Sie durfte keine Zeit verlieren. Es kam auf jede Minute an. Jede Sekunde konnte Freitags Leben retten. Sie stand auf, nahm eine Decke, legte sie vorsichtig über Freitag, strich noch einmal über sein Fell.

»Ich komme wieder«, flüsterte sie. »Ich lasse dich nicht sterben.«

Stella rannte die Treppe hinunter in die Küche. Machte alles gleichzeitig. Sie öffnete den Kühlschrank, sie stellte den Topf

auf den Herd, sie riss das Telefonbuch aus der Schublade, sie holte einen Teller aus dem Schrank, sie goss Milch in den Topf, sie suchte nach dem Tierarzt.
Der Name. Sie brauchte den Namen.
Unter den Ärzten war nichts zu finden, nicht unter Tierarzt.
Egal. Sie musste alles versuchen und wählte in ihrer Verzweiflung die Nummer des Notrufes.
Eine Frau meldete sich. »Hier die Notrufzentrale.«
»Sie stirbt«, rief sie.
»Wer spricht denn da?«
»Stella. Stella Norden. Sie müssen sofort kommen! Ein Arzt. Sie stirbt.«
»Ich brauche deine Adresse. Wo wohnst du?«
»Im alten Haus. Im Haus von Pastor Anderson.«
»Was ist passiert?«
»Ich weiß nicht. Bitte. Schnell. Ich brauche einen Arzt. Sie stirbt.«
»Wer stirbt?«
»Meine Mutter«, schrie Stella.

Stella.
Jemand ruft mich.
So leise wie Vogelgezwitscher.
»Ich muss, glaube ich, anhalten«, sagt meine Mutter. Sie fasst sich an die Stirn. »Mir ist schlecht. Ich glaube, ich werde krank. Diese Kopfschmerzen. Vielleicht war etwas mit dem Fisch gestern Abend nicht in Ordnung.«
Ich sehe, wie die zittrigen Hände meiner Mutter das Lenkrad nicht mehr festhalten können.
»Mama, halt an. Du musst anhalten.«
Plötzlich lässt sie das Steuer los und kippt zur Seite. Ich sehe, wie der Baum auf uns zurast, dann ist alles dunkel.

Als der Krankenwagen eintraf, saß Stella auf dem kalten Küchenfußboden. Sie hatte es nicht geschafft, hoch zu Freitag zu gehen und der Katze die Milch zu bringen. Wenn Freitag tot war, könnte sie seinen Anblick nicht mehr ertragen. Er sollte einfach verschwinden wie ihre Mutter und Sven. So war es am besten. Wenn die Menschen nicht starben, sondern einfach verschwanden. Als seien sie nie geboren worden, als hätten sie nie gelebt.
Die Notärztin war jung und hübsch. Sie sah tatsächlich aus wie jemand, der Leben retten konnte. Ihre rotbraunen Haare kringelten sich auf dem Kopf. Ihr Gesicht war voller Sommersprossen. Sie beugte sich lächelnd zu ihr hinunter.
»Wo ist deine Mutter?«
»Oben!« Stella stand auf. Die Notärztin half ihr. »Ich bin Dr. Hedwig Petter. Hedwig, wie die Eule von Harry Potter. Und du?«
»Stella Norden.«
»Stella wie Stern?«
»Ja.«
»Was ist passiert?«
»Ich weiß nicht.«
»Wo ist dein Vater?«
»Ich bin ganz allein.«
Die Ärztin folgte Stella die Treppe hoch, die Hand tröstend auf ihre Schulter gelegt. Stella deutete auf die offene Tür zu ihrem Zimmer.
»Ich will hierbleiben.«
Dr. Petter ging hinein und trat ans Bett.
Stella sah, wie sie sich über das Bett beugte. Schließlich richtete sie sich wieder auf. »Du kannst kommen. Sie lebt noch ... Aber du weißt, dass du nicht einfach den Notruf anrufen kannst, nur weil deine Katze ...«
»Ich konnte doch nicht zulassen, dass auch noch Freitag stirbt.«

Die Ärztin hob das Tier hoch und hielt es vorsichtig in ihren Armen. »Heißt sie so? Freitag?«
Stella nickte.
»Ich bringe sie zum Tierarzt. Vielleicht schreibst du mir die Telefonnummer deines Vaters auf. Ich befürchte, dass er diese Rettungsaktion nicht von seiner Krankenkasse bezahlt bekommt. Das wird teuer. Du hattest Glück, dass ich nicht gerade einen Notfall hatte.«
Stella sah zu Boden. »Mein Vater bezahlt es.« Sie wusste plötzlich, dass er ihr nicht böse sein würde. »Wird Freitag wieder gesund?«
Die Ärztin nickte. »Scheint ein zäher Brocken zu sein. Und du weißt ja, eine Katze hat sieben Leben. Jetzt hat sie vielleicht nur noch sechs, aber es reicht. Möchtest du mitkommen?«
Stella nickte. »Ich fahre mit dem Fahrrad.«
»Weißt du, wo der Tierarzt wohnt?«
»In der Nähe der Schule.«
»Genau.«

Freitag lebte!
Stella hielt die Katze auf dem Arm. Sie hatte zwar die Augen geschlossen, doch ihr Herzschlag war wieder kräftig. Ab und zu hob sie sogar die Pfote. Freitag hatte tatsächlich überlebt.
»Jemand hat ihr Gift gegeben«, sagte der Tierarzt.
»Warum?«
»Das kommt immer wieder vor. Du musst besser auf deine Katze aufpassen. Sie ist noch zu klein, um draußen herumzustreunen.«
»Ich weiß, aber sie ist einfach durch das offene Fenster abgehauen.«
»Ja, so sind sie. Sie lassen sich nicht anbinden. Katzen brauchen ihre Freiheit. Ich behalte sie noch bis morgen hier, wenn du einverstanden bist. Zur Sicherheit.«

Stella nickte. Sie war so dankbar. Der Tierarzt hatte Freitag ein Mittel eingeflößt, worauf sich die Katze mehrfach übergeben hatte. Sie legte sich zurück in den Käfig.

In diesem Moment begann ihr Handy zu piepsen. Eine SMS. Von einer unbekannten Nummer. Sie rief die Nachricht ab.

»16 Uhr auf dem Leuchtturm. Robin.«

Stellas Blick fiel auf die Uhr. Viertel vor vier. Bis zum Leuchtturm brauchte sie mit dem Fahrrad mit Sicherheit zwanzig Minuten. Sie versuchte zurückzurufen, doch er meldete sich nicht.

Sie hatte Robin viel zu erzählen. Diese Dinge, die sie in Pats Zimmer gefunden hatte. Die Geschichte mit ihrem Vater. Dass Pat ihrer Mutter etwas erzählt hatte, das diese zum Weinen brachte. Dass ihrer Mutter schlecht gewesen war. Und sie musste mit Mary reden. Über die Mail, die Anrufe und Robin. Sie konnte nicht zurück in dieses Haus, wo Pat war. Sie konnte ihr jetzt nicht gegenübertreten. Sie hatte jedoch genügend Geld, um zu ihrer Großmutter zu fahren.

Stella trat in die Pedale. Es war kaum Verkehr. Die Touristen waren alle abgereist.

Und sie würde ihnen so schnell wie möglich folgen.

VIERUNDZWANZIG

Es war zehn Minuten nach vier, als Stella am Leuchtturm ankam. Um diese Jahreszeit wurde er nur für Gruppen geöffnet, hatte Dudichum erklärt. Die Betriebskosten wären sonst zu hoch. Sie lehnte das Fahrrad an die kleine Bude, in der im Sommer Erfrischungsgetränke, Eis und Erinnerungsstücke in Form von kleinen Leuchttürmen an die Touristen verkauft wurden. Von Robin war nichts zu sehen. Das alte Fahrrad, das schon am Wandertag hier gestanden hatte, lehnte noch immer an der Mauer. Jemand hatte es vergessen.
Der Blick zum Himmel zeigte ihr, dass sich ein Unwetter zusammenbraute. Wolken zogen sich zusammen, verdichteten sich und wurden dunkler und dunkler. Von der Düne aus, auf der sie stand, sah sie, wie der Wind über das Meer peitschte und die Wellen hochtrieb. Sie brachen sich am menschenleeren Strand. Von Robin war noch immer keine Spur zu sehen.
Stella warf ihr Fahrrad in das hohe Dünengras und setzte sich in den Sand, um gleich darauf wieder aufzuspringen. Wo blieb er? Sie musste ihm so viel erzählen, und er, was hatte er zu berichten? Hatte er diesen Obduktionsbericht bei sich? Wieder wählte sie seine Nummer. Wieder meldete er sich nicht.
Ihr Blick fiel auf die Uhr. Fünfzehn Minuten nach vier. Wo blieb er denn? Hatte sie die Uhrzeit falsch verstanden? Nein, sechzehn Uhr. Wir treffen uns um sechzehn Uhr am Leuchtturm. Sie erinnerte sich genau. Oder *auf* dem Leuchtturm? Was meinte er denn damit? War das Museum nicht geschlossen? Sie ging zur Tür und drückte die Klinke nach unten. Die Tür sprang auf.

War er schon hochgegangen? Erwartete er sie oben? Sie musste ihn suchen. Robin war im Moment der Einzige, dem sie überhaupt vertraute. Wenn er sie auf dem Leuchtturm treffen wollte, musste es einen Grund geben. Ihr blieb keine andere Wahl.

Als sie das Gebäude betrat, fröstelte sie. Die Wände strahlten eine Kälte aus, als seien sie aus Eis. Die alte Holztreppe knarrte Stufe für Stufe und gab, je höher sie stieg, unter jedem Schritt nach. Ja, sie schien regelrecht zu schwanken. Oder war es die Angst? Die Angst vor der Höhe, die Angst, dass sie Robin nicht vertrauen konnte. Aber auf dieser Insel war er der Einzige, der ihr helfen wollte, sich wirklich zu erinnern, und plötzlich schien es Stella, als sei die Erinnerung an den Unfall gleichbedeutend damit, von dieser Insel wegzukommen. Dieses Gefühl verlieh ihr die Energie, weiterzugehen und nicht nach unten zu schauen, wo die Treppe in die Tiefe führte.

Gehüllt in eine unheimliche Stille, stieg sie die Stufen langsam nach oben. Das Brausen des Windes wurde immer lauter. Er schlug gegen die Mauer des Turms, als sei dieser ein ärgerliches Hindernis.

Schließlich stand Stella an dem Treppenabsatz, an dessen Wand das Schild gehangen hatte: »Betreten verboten!«. Nun war es verschwunden. Offensichtlich war das Geländer oben repariert worden. Sie erklomm die letzten Stufen. Endlich stand sie vor der Tür. Sie hatte Schwierigkeiten, sie zu öffnen, da der Wind von außen dagegendrückte. Was für eine schwachsinniger Idee, sich ausgerechnet hier oben zu treffen. Stella wollte schon aufgeben, als die Tür plötzlich aufsprang. Ein heftiger Windstoß erfasste sie, als sie auf die Plattform trat. Niemand war zu sehen.

Inzwischen war der Himmel so dunkel, als wäre die Dämmerung verfrüht über die Insel hereingebrochen. Vom Horizont her rasten schwarze Wolken auf sie zu, als wollten sie sich über sie stülpen wie eine außerirdische Macht. Das Meer war völlig aufgewühlt. Das Unterste kehrte sich nach oben, als ob das Wasser Kopf stünde. Ihr Vater hatte stets vom Geheimnis der Ozeane gesprochen. Das Geheimnis war eine Gefahr, wie das Geheimnis um den Unfall ihrer Mutter plötzlich zu einer Gefahr geworden war.

Die ersten Tropfen fielen.

Um sie herum war es so laut, dass sie fast das Handy nicht gehört hätte. Doch sie spürte das Vibrieren in ihrer Jackentasche. Sie drückte auf die Taste. Die Stimme, die in das Telefon brüllte, konnte sie kaum verstehen.

»Was?«

. . .

»Robin!«

. . .

»Ich . . .«

Er ließ sie nicht ausreden. »Wo bist du? Ich war bei dir zu Hause.«

»Freitag. Er ist krank. Wäre fast gestorben.«

»Ich weiß.«

»Wieso weißt du das?«

»Mary . . .« Der Wind verschluckte den Rest des Satzes.

»Ich verstehe dich nicht«, schrie sie in ihr Handy. »Hörst du mich?«

Plötzlich war seine Stimme wieder klar. »Wo bist du?«

»Auf dem Leuchtturm. Hat Mary ihm das Gift gegeben?«

»Geh sofort wieder hinunter, verstehst du?«

»Ich dachte, wir wollten uns hier treffen. Du hast mir doch eine SMS geschickt.«

»Geh da runter. Komm zum Internat. Ich habe mit Mary gesprochen. Sie . . .« Stella hörte ihn schwer atmen, als ob er keine Luft mehr bekäme.

»Robin!«, rief sie. »Was ist los?«

Keine Antwort. Nur Rauschen. Die Verbindung war unterbrochen. Verzweifelt versuchte Stella zurückzurufen, doch alles, was sie als Antwort erhielt, war die Nachricht, dass ihr Akku leer war. Ausgerechnet jetzt. Warum hatte Robin sie erst auf den Turm geschickt, wenn er sich nun mit ihr am Internat treffen wollte? Was war mit Mary? Was hatte Robin erfahren? War alles in Ordnung mit ihm? Er hatte sich so komisch angehört.

Stella wandte sich zur Tür. Ein Windstoß erfasste sie so heftig, dass sie wankte und das Gleichgewicht verlor. Sie rutschte auf dem nassen Boden aus. Ihr Kopf stieß gegen das Geländer. Es gab nach. Sie hielt sich am Fahnenmast fest, auf dem die Fahne mit dem Wappen der Insel wehte. Ein Segelboot auf einem blauen Meer, über dem die gelbe Sonne auf einem roten Hintergrund hing.

Mühsam erhob sie sich. Immer wieder warf sie eine heftige Windböe zurück. Der Regen nahm an Stärke zu. Der Wind fuhr durch das aufgewühlte Wasser und bäumte es zu meterhohen Wellen auf. Ein Windstoß ergriff die Kapitänsmütze und wirbelte sie durch die Luft, bis sie ins Meer stürzte. Erst jetzt bemerkte Stella, dass ein Stück des Geländers weggebrochen war. Sie dachte wieder an den Weißen Friedhof, an die kleinen Gräber, in denen die Kinder lagen, die das Meer an den Strand gespült hatte.

Deine Fantasie geht mit dir durch, Stella. Sieh einfach zu, dass du hinunterkommst.

Als sie endlich stand, sah sie sich plötzlich einer Gestalt in einem schwarzen Mantel gegenüber. Die Kapuze war tief ins Gesicht gezogen. Sie kam direkt auf sie zu. Das konnte nicht wahr sein. Gespenster existierten nicht. Das war lächerlich. Unwillkürlich trat Stella einen Schritt zurück. Der Gedanke schoss ihr durch den Kopf, dass hinter ihr das Geländer fehlte, dass dort unten der Abgrund lag.

Stella.
Jemand ruft mich.
So leise wie Vogelgezwitscher.
Stella. Stella.
Ich fliege.
Für einen Moment glaube ich, ich könnte mich in der Luft halten und schweben. Dann werde ich nach unten geschleudert. Ein heftiger Stoß gegen den Kopf und mir wird schwarz vor Augen.

FÜNFUNDZWANZIG

Stellas Kopf dröhnte, als sie die Augen aufschlug.
Wo war sie?
Für einen Moment erinnerte sie sich an nichts.
Dann entdeckte sie die Gestalt in dem schwarzen Mantel. Sie stand direkt neben ihr und starrte auf das Meer.
Augenblicklich richtete sie sich auf. War sie ausgerutscht? War ihr Kopf aufgeschlagen?
Der Regen, der ihr ins Gesicht peitschte, machte sie hellwach. Sie stellte fest, dass sie völlig durchnässt war. Sie würde sich erkälten, sich eine Lungenentzündung holen.
Als ob das ihr größtes Problem sei. Eine Erkältung war nichts gegen das fehlende Geländer. Als sie den Kopf drehte, schaute sie direkt in den Abgrund. Immer noch spielte das Meer unter ihr verrückt. Es war, als ob die Wellen an dem Leuchtturm hochstiegen, um Stella zu sich zu holen. Sie schob sich langsam zurück, weg von dem Abgrund. Die Gestalt rührte sich nicht. Mit dem Rücken stieß Stella gegen den Fahnenmast. Ihre Hand griff nach der Stange. Sie fand keinen Halt. Immer wieder rutschte ihre Hand an dem nassen Metall ab.
Wenn Stella nicht genau wüsste, dass es keine Gespenster geben konnte, nein, sie existierten mit Sicherheit nicht, mit hundertprozentiger Sicherheit, dann hätte sie jetzt an sie geglaubt.
Wer war das neben ihr?
Die Erkenntnis traf sie wie ein Blitz. Mary! Nur diese würde so einen Mantel tragen. Nur diese würde sich so seltsam benehmen. Nur sie würde aufs Meer starren, als ob sie bereit wäre

sich hinunterzustürzen. Nur diese hatte so kranke Gedanken im Kopf, dass sie Stella hier hochlocken würde. Sie hatte die E-Mail geschrieben. Sie war in ihrem Haus gewesen. Sie hatte sie jeden Tag mit ihren Anrufen verfolgt.

»Mary, was soll das?«, rief Stella.

Langsam drehte sich die Gestalt um. Das Gesicht wurde von der Kapuze des Mantels verdeckt. Eine dunkelbraune Strähne schaute darunter hervor. Mary? Mary hatte schwarze Haare. Dann hob die Gestalt den Kopf und lächelte. Sie ging einen Schritt auf Stella zu, beugte sich zu ihr hinunter. Da war er wieder. Dieser Geruch.

Was ist das für ein Geruch?
Er breitet sich über mich wie eines dieser Erfrischungstücher, die meine Oma mir manchmal über das Gesicht legt, um mich abzukühlen.
Das dringt in die Nase. Meine Augen brennen.
Stella.
Stella.
Jemand flüstert.
Nein, ein leises Krächzen. Es hallt.
Bin ich auf der Autofahrt eingeschlafen? Ich versuche die Augen zu öffnen. Ich hebe die Hand. Die Luft ist wie Wasser. Ich muss mich anstrengen. Und meine Augenlider flattern wie die Flossen eines Fisches. Flattern Flossen überhaupt? Keine Ahnung. Ich habe es vergessen.
Zwischen meinen Lidern erkenne ich das Gesicht einer Frau. Ich will die Augen aufreißen. Auf meiner Zunge liegt das Wort »Mama«. So muss es sein, wenn man sprechen lernt.
»Du lebst«, höre ich sie sagen.
Warum soll ich nicht leben?
Für einen kurzen Moment reiße ich die Augen auf. Es ist nicht Mama.

Es ist Pat. Pat, die sich über mich beugt und sagt: »*Warum musst du leben?*«

»Du erinnerst dich?«
»Du warst dort«, antwortete Stella. »An der Unfallstelle.«
»Ich habe befürchtet, dass du dich irgendwann erinnerst.«
Die Erkenntnis traf Stella ohne Vorbereitung.
»Mama . . . sie hat das Auto nicht absichtlich gegen den Baum gefahren, oder? Du hast mich belogen.«
Pats Lächeln war Antwort genug.
»Warum?«
Sie zuckte mit den Achseln. »Deine Mutter hatte alles«, sagte sie. »Was hatte sie für einen Grund, sich zu beschweren? Immerzu war sie am Jammern! *Nie ist er da! Immer läst er mich allein! Er kennt nichts außer seinem Beruf!* Dabei war ich es!«, ihr langer, rot lackierter Fingernagel stieß gegen die eigene Brust, »ich war es, die einsam war!«
»Egal«, sagte sie plötzlich und trat an den Rand der Aussichtsplattform. »Hast du Angst hinunterzusehen?«
Unwillkürlich wich Stella ein Stück zurück. Ihr Blick suchte die Tür. »Was willst du von mir?«, fragte sie und gleich darauf begriff sie. »Du hast mir diese Nachricht geschickt, dass wir uns hier oben treffen.«
»Es wird Zeit, dass du verschwindest.«
»Warum?«
»Weil es Zeit ist«, antwortete sie. »Du hättest dich schon mit Kerstin und Sven in Luft auflösen sollen.«
Ich habe sieben Leben, dachte Stella, wie Freitag.
Pat sprach weiter. »Träumst du gerne?«
Wovon sprach Pat?
»Ich weiß nicht.«
»Sag mir, wovon du träumst.«

»Wie meinst du das?«
»Du wirst doch Träume haben im Leben?« Pats Gesicht verzog sich ungeduldig. »Ach ja, ich weiß. Du willst in einer Band spielen, oder?«
»Ja.« Stella nickte.
»Und dieser Junge? Robin?«
Was wusste Pat über ihn?
»Du bist in ihn verliebt, willst ihn jedoch deiner Freundin Mary nicht wegnehmen. Deine Mutter war nicht so rücksichtsvoll wie du. Sie hat ihn mir weggenommen.«
»Woher weißt du das über Mary und Robin?«
Pat lachte. Es klang schrill. »Du hättest dir für dein Tagebuch einen besseren Platz aussuchen sollen als ausgerechnet unter der Matratze.«
»Du hast es gelesen?«
»Schließlich musste ich wissen, wie weit du bist mit deiner Erinnerung. Obwohl ich alles versucht habe, um zu verhindern, dass du dich erinnerst. Es war eigentlich einfach. Neues Haus, neue Umgebung, nichts, was dich an dein altes Leben erinnern konnte. Johannes hat mir dabei geholfen. Denn Papas Prinzesschen brauchte ja Ruhe und durfte nicht aufgeregt werden. Und dann immer diese Anrufe, die Schritte, als schleiche jemand durchs Haus. Dachtest du, du wirst verrückt? Na, wie hast du dich gefühlt, als du vor der Klasse standest und dein Referattext fehlte? Wie war das? Sicher haben sie es dir nachgesehen. Schließlich hast du dein Gedächtnis verloren.«
Pat lachte.
Nein, nicht Stella war verrückt, sondern die Frau, die vor ihr stand.
»Aber warum?«
»Ich wollte eine Familie haben«, antwortete Pat »Und fast hätte ich sie auch bekommen, bis . . .«

Sie sprach nicht weiter.

»Bis?«, fragte Stella. Sie spürte, dass sie jetzt am ganzen Körper zitterte. Was ging hier vor sich? Wovon sprach diese Frau? War es überhaupt Pat? Sie kam ihr vor wie das von Frankenstein erschaffene Monster.

»Bis deine Mutter kam. Sie hat mir Johannes weggenommen. Wie immer. Sie hatte schon immer alles, was ich wollte.«

Stellas Gedanken überschlugen sich. Sie konnte jetzt nicht mehr klar denken. Sie spürte, dass von Pat etwas Herzloses ausging. Es war nicht der Parfümgeruch, der sie gestört hatte, es war der Geruch nach Falschheit gewesen. Gespenster, dachte sie, Gespenster gibt es wirklich. Sie sind das Böse im Menschen.

»Ich war ein glückliches Kind«, sprach Pat weiter, »wie du. Du warst doch glücklich?«

»Ja.«

»Ich auch. Wusstest du, dass ich früher auf der Insel gelebt habe?«

»Was?«

»Ich bin hier geboren. Ich habe hier gewohnt. In eurem Haus. Es gehört mir.«

Stella verstand nicht, wovon Pat sprach.

»Ihr wohnt in meinem Haus«, fuhr diese jetzt fort, »ja, da wunderst du dich, oder? Es gehörte meinen Eltern. Mein Vater war der Pastor auf der Insel. Er hieß Jonathan Anderson. Alles war in Ordnung.« Sie machte eine Pause. »Bis er kam.«

»Wer?« Verzweifelt suchte Stella nach einem Ausweg. Die Tür war nicht weit weg.

»Mein kleiner Bruder.«

Stella rutschte ein Stück nach hinten.

»Er war fünf Jahre jünger. Aber ich war nicht so wie du. Ich war ein liebes Mädchen.«

Stellas Hand tastete weiter. Sieben Leben, dachte sie, ich habe

sieben Leben. Eines habe ich bei dem Unfall verspielt, das nächste hier. Wenn ich es schaffe, durch die Tür hinter mir zu kommen, dann bleiben mir noch fünf.
»Ich musste auf ihn aufpassen. Pass auf, hat meine Mutter gesagt, dass ihm nichts passiert.«
Das musste alles ein Traum sein.
Nein. Es war kein Traum. Ihre Hand lag auf dem nassen Boden der Plattform. Unter ihr das Meer, das verrückt spielte. Verrückt wie Pat, die einen Schritt zurückging. Sie stand direkt über dem Abgrund.
Ich will weg, dachte Stella, weg.
»Wir sind oft auf den Leuchtturm gestiegen, Claus und ich. Er hieß Claus, mein Bruder, weißt du?«
Ja, Stella wusste es. Claus gehörte die Bibel auf dem Dachboden und er lag auf dem Weißen Friedhof. Wo alle Kinder lagen, die das Meer angeschwemmt hatte.
Pats Blick glitt über das Wasser.
Fast konnte Stella ihre Stimme nicht mehr verstehen. Der Wind schien die einzelnen Worte durcheinanderzuwirbeln. Sie machten keinen Sinn.
»Ja, ich saß hier oben mit ihm. Der Leuchtturm war nicht mehr in Betrieb, aber noch kein Museum wie heute. Er stand einfach leer. Mein Vater hatte als Pastor einen der Schlüssel in Verwahrung. Er hing immer an dem Schlüsselbord neben der Haustür. Du weißt, wo.«
Stella nickte.
»Ich habe ihn oft genommen, um auf den Turm zu steigen. Claus hat mich begleitet.«
Stella stieß gegen die Wand. Sie schob sich langsam nach oben, bis sie stand. Ihre Hand tastete nach hinten.
»Was habt ihr hier oben gemacht?«, fragte sie und bemühte sich um eine ruhige Stimme.

Pat hörte sie nicht.

Stella drehte sich um. Der Türgriff war nass und glitschig. Ihre Hand rutschte ab.

Sie drückte ihre Schulter gegen das kalte Metall. Nichts bewegte sich. Diese verdammte Tür. Sie klemmte.

In diesem Moment drehte sich Pat um. Der Wind wehte ihr die Kapuze vom Kopf. Ihr Haar flatterte. Sie kam auf sie zu, packte ihren Arm und riss sie von dem rettenden Ausgang fort. Stella spürte die Wut in ihrer Stimme, als sie sagte: »Komm mit, du sollst mir zuhören, wenn ich dir eine Geschichte erzähle.« Pat schob Stella an den Rand der Plattform, dort wo das Geländer nur noch in den Angeln hing.

»Ich höre dir ja zu, ich höre dir zu.«

»Schau hinunter.«

Pat machte einen Schritt zur Seite. Für einen Moment schwankte sie und fast hoffte Stella, sie würde hinunterfallen. Wäre einfach weg. Würde einfach verschwinden. Stattdessen stand jetzt Stella am Abgrund. Unten schäumte das Wasser. Ihr wurde schwindelig.

Nicht nach unten sehen, dachte sie. Nur nicht nach unten sehen. Ihr Blick fiel auf die Tür. Es waren wenige Schritte. Vier, fünf. Mehr nicht.

»Was wird das für ein Gefühl sein, dort hinunterzufallen?«, hörte sie Pat kurz auflachen.

Stella konzentrierte sich. Sie entspannte sich für einen Moment und setzte Pat keinen Widerstand mehr entgegen. Ihr Körper löste sich. Pat schien das zu spüren. Unwillkürlich lockerte sich der Griff um Stellas Arm.

In diesem Moment riss Stella sich los. Überrascht stieß Pat einen Schrei aus, hatte aber nicht genügend Kraft, um das Mädchen aufzuhalten. Mit aller Wucht warf sich Stella gegen die Tür, die keinen Millimeter nachgab.

»Claus ist auf dem Geländer herumgeturnt«, fuhr Pat fort und kam auf sie zu. »Ich habe gelesen. Die Sonne hat geschienen. Der Himmel war so klar, dass ich bis zur nächsten Insel sehen konnte. Sie schien so nahe, dass ich dachte, wenn ich springe, werde ich dort landen. Aber nicht ich bin gesprungen, sondern Claus. Er ist nicht auf der Insel gelandet, sondern im Meer. Und sie haben gesagt, ich sei schuld. Sie konnten mich nicht mehr sehen, meinen Anblick nicht mehr ertragen.«
»Wer?« Stella versagte fast die Stimme.
»Meine Eltern. Sie haben mich zu meiner Großmutter geschickt nach Kiel. Dann lernte ich Johannes kennen. Ich verliebte mich in ihn. Ich wollte immer eine Familie haben. Ich wollte Johannes heiraten. Alles schien in Ordnung, bis Kerstin auftauchte.«
Stella wollte es nicht wissen. Sie wollte keine Geschichten aus der Welt der Erwachsenen hören. Sie war erst vierzehn. Sie wollte daran glauben, dass alles gut würde. Dass sie den Erwachsenen vertrauen konnte.
»Du hast ihr erzählt, dass mein Vater, dass er . . .« Stella wollte es nicht denken, es nicht aussprechen. Sie wollte nichts als weg.
»Was?«, fragte Pat.
»Diese Corinna, seine Assistentin. War es wahr?«
Pats Lachen verschmolz mit der Brandung. Der Wind trug es zu Stella. »Nein, für deinen Vater zählte nur deine Mutter. Das wusste ich. Der einzige Weg, dass er mich sah, mich bemerkte, war, wenn sie verschwand. Sich auflöste. Mein Gott! Und sie hat es tatsächlich geglaubt. Sie hat diese Geschichte wirklich geglaubt. Sie hat es geschluckt wie die Tabletten, die ich ihr am nächsten Morgen gab, kurz bevor ihr weggefahren seid. Wie du brav den Fisch gegessen hast. Hat er nicht bitter geschmeckt?« Sie hielt einen Moment inne. »Aber Menschen wie ihr glaubt immer lieber an das Gute als an das Böse.«

»Trink«, sagt Pat und reicht Mama ein Glas. »Es wird dir helfen.«
»Was ist das?«
»Vollkommen harmlos, das kannst du mir glauben.«
Und Mama trinkt das Glas in einem Zug leer.
Wir fahren los. Alles ist in Ordnung, bis meine Mutter plötzlich sagt:
»Ich glaube, mir wird schlecht.«

Ich will weg, dachte Stella. Einfach weg.
Ihr Herz schlug bis zum Hals. Ihr wurde schwindelig. Sie begann, gegen die Tür zu trommeln.
»Hilfe, hört mich denn niemand?«
Verzweifelt warf sie sich gegen die Tür.
Und fiel ins Leere.

Ich schwebe durch die Luft. Wie eine Möwe. Aber dann spüre, ich wie ich falle.

SECHSUNDZWANZIG

Nein, Stella wurde nicht ohnmächtig, als sie durch die Tür fiel, die plötzlich von außen aufgezogen wurde. Sie war auch nicht länger allein. Stattdessen landete sie in den Armen ihres Vaters.
»Es ist Pat«, rief sie »Pat! Sie ist dort draußen!«
Sein Blick wanderte Richtung Geländer, wo Pat noch immer am Rand der Plattform stand. Der schwarze Mantel wehte im Wind.
Und dann ging alles plötzlich ganz schnell. Hinter Stellas Vater kamen zwei Polizisten durch die Tür. Sie schoben Stella und ihren Vater zur Seite: »Gehen Sie mit ihrer Tochter hinunter. Wir kümmern uns um sie. Wir haben eine Psychologin dabei und eine Notärztin.«
Stellas Vater nickte und wandte sich um: »Komm«, sagte er, »wir können hier nichts tun.«
Stellas Beine waren wie aus Gummi. Ihr Körper fühlte sich an, als würden die Knochen sich aufzulösen. Ihr Vater hielt sie fest, als sie Schritt für Schritt hinunterstiegen. Alles war so unwirklich.
»Was machst du hier?«, fragte sie. »Ich dachte, du bist auf dem Festland?«
»Ich habe die Mailbox abgehört. Dein Anruf, dass Freitag tot ist. Was ist denn mit deinem Handy? Herrgott, ich habe hundert Mal versucht, dich anzurufen, dich und Pat.«
»Der Akku ist leer.«
»Der Akku ist leer? Weißt du, was ich mir für Sorgen gemacht habe? Warum bist du auf den Leuchtturm gestiegen?«

»Ich dachte, Robin hätte mir eine Nachricht geschickt. Aber was ist mit Pat? Ich hatte solche Angst vor ihr.«

Stella sah, wie ihr Vater fest die Zähne zusammenbiss. Schließlich blieb er stehen. »Mach dir über Pat keine Gedanken mehr. Vergiss sie. Ich habe ihr vertraut. Das war ein Fehler.«

»Aber . . .«

»Später. Unten warten deine Freunde auf dich. Auch sie machen sich Sorgen. Ohne sie wären wir zu spät gekommen.«

Robin und Mary standen neben dem Wagen ihres Vaters dicht nebeneinander unter einem großen Regenschirm. Als Stella zur Tür hinaustrat, winkten sie ihr erleichtert zu.

»Mann, bin ich froh, dass dir nichts passiert ist«, sagte Robin. »Du hast es Mary zu verdanken, dass wir rechtzeitig hier waren.«

Mary lächelte Stella verlegen an. »Ich habe eigentlich nichts getan.«

»Von wegen«, sagte Stellas Vater.

Was, was verdammt noch mal, hatte Mary gemacht? Was hatte sie mit dieser Sache zu tun? Noch vor einer Stunde war Stella der festen Überzeugung gewesen, dass Mary eine Art Monster sei, Frankenstein zwei, und nun wurde sie zur Heiligen gekürt?

»Du hast mir doch diesen Brief gegeben? In der Schule!«, begann Mary. Doch Johannes unterbrach sie. »Setzt euch ins Auto, dort ist es warm. Stella ist ja völlig durchgefroren.«

Er öffnete die Wagentür und ließ sie einsteigen. Dann holte er aus dem Kofferraum eine Wolldecke und legte sie Stella über die Schultern. Ungeduldig schob diese seine Hand zur Seite: Sie konnte kaum abwarten, wie die Geschichte weiterging. »Von wem war denn der Brief, Mary?«

»Von meiner Mutter, verstehst du? Sie ist . . .«

»Abgehauen«, warf Robin ein. »Sprich es ruhig aus. Davon wird es auch nicht schlimmer.«

»Sie ist mit einem anderen Mann weggegangen«, erklärte Mary

und fuhr fort: »Immer habe ich darauf gewartet, dass sie anruft, sich meldet. Aber ich habe nie etwas von ihr gehört. Bis ich diesen Brief bekommen habe . . .«

»Bestimmt hat deine Großmutter ihre Briefe unterschlagen«, warf Robin ein. »Oder dein Vater.«

»Ja, sie hat schon öfter geschrieben und sich gewundert, dass sie nie eine Antwort bekam, während ich auf einen Brief gewartet habe. Und da hatte ich dir gegenüber ein ganz schlechtes Gewissen und wollte dir helfen, so wie du mir geholfen hast, die Wahrheit zu finden.«

»Jetzt wolltest du mir helfen?« Stella konnte nicht verhindern, dass sie wütend klang. »Und warum hast du mir dann diese Mail geschickt?«

»Welche Mail?«

»Dass du mir einen langen und qualvollen Tod wünschst!«

Mary wurde noch blasser, als sie sowieso schon war. »Du denkst, ich würde dir eine solche Mail schreiben?«

Stella sah Mary an, dass sie schockiert war.

»Ich dachte, du bist sauer wegen Robin.«

»War ich ja auch, aber deswegen würde ich doch nie . . .«

»Wer hat dann die Mail geschrieben?«, mischte Robin sich ein.

Für einen Moment schwiegen sie und dann verstand Stella. Es tat weh, der Wahrheit ins Auge zu blicken. Wie hatte sie sich nur so täuschen können? »Pat«, sagte sie und sah ihren Vater an. »Es muss Pat gewesen sein. Sie hat mein Tagebuch gelesen.« Er starrte sie entsetzt an. Auch er konnte es nicht glauben. Sie hatten Pat vertraut.

Draußen prasselte der Regen gegen die Frontscheibe. Unwillkürlich schaltete Johannes die Scheibenwischer an, die anschließend quietschend ihre Bahn zogen.

»Mann«, unterbrach Robin das Schweigen, »allein dafür kann man sie schon anzeigen.«

»Aber wieso wusstest du, was Pat heute vorhat?«, fragte Stella noch immer verwirrt.

»Ich wusste es nicht«, fuhr Mary fort. »Aber ich war auf dem Weg zu dir, um dir das von meiner Mutter zu erzählen, und da habe ich sie gesehen. Pat. Sie kam vom Weißen Friedhof. Dort liegt ihr Bruder begraben.«

»Dann weißt du auch, dass sie hier von der Insel stammt?«

»Ja.«

»Warum hast du es mir nicht gesagt?«

Anstelle einer Antwort zog Mary etwas aus ihrer Tasche. Es war ein Foto. Sie reichte es Stella. Ein Mädchen, ungefähr in ihrem Alter stand vor einem reetgedeckten Haus. Ein Torbogen führte in den Garten, der völlig mit Rosen überwuchert war. Daneben, rechts und links, zwei hohe Birken, die sich zueinanderneigten, als wollten sie sich anlehnen.

Es war das Haus, in dem sie, Stella, jetzt wohnte. Aber sie war nicht dieses Kind, das neben dem Mann in dem grauen Hemd und der schwarzen Hose stand. Sie erkannte ihn sofort wieder. Jonathan Anderson. Der Pastor, der in diesem Haus gestorben war. Sie hatte sein Bild auf dem Dachboden gesehen.

Das Mädchen war blond und pummelig. Nein, eigentlich war es dick. Die Haare waren knapp über dem Kinn gerade abgeschnitten. Ein schräger Pony lag über der in Falten gezogenen Stirn. Doch es waren die Augen, an denen Stella das Mädchen wiedererkannte. Die großen runden Augen. Pat. Pat stand vor dem Haus, das Stellas Vater gekauft hatte. Dieses Haus hatte Pastor Anderson gehört. Und Pat nannte sich Anders. Das war kein Zufall gewesen.

»Woher hast du das Bild?«, fragte Stella.

»Ich wollte immer wissen, was das für Kinder waren, die dort auf dem Weißen Friedhof liegen.« Marys Blick wurde plötzlich lebhaft. »Ich wollte ihre Geschichten erzählen, damit sie nicht vergessen werden, verstehst du? Und nachdem ich erfahren habe, dass Claus der Sohn des Pastors war, bin ich in das alte Pfarrhaus eingestiegen, weil ich hoffte, ich würde Spuren finden. Und da war auf dem Dachboden der Karton mit seinen Sachen.«

»Wann?«, fragte Stella. »Wann warst du auf dem Dachboden?« Sie schauderte unwillkürlich, woraufhin ihr Vater sagte: »Dir ist immer noch kalt, ich bringe dir einen heißen Tee.« Doch sie beachtete ihn gar nicht, als er ausstieg. »Wann warst du im Haus?«

»Als es renoviert wurde. Ich hatte Angst, sie würden alles wegwerfen.«

»Und was passierte weiter?«, fragte Robin ungeduldig. »Pat kam also aus dem Weißen Friedhof . . .«

»Ja. Erst da fiel es mir wie Schuppen von den Augen. Pat war das Mädchen auf dem Foto, das ich gefunden hatte, und sie war auf dem Friedhof, um das Grab ihres Bruders zu besuchen. Aber dann fiel mir ein, dass du am Morgen Robin erzählt hast, sie würde heute aufs Festland fahren.«

Stella nickte.

»Von wegen. Sie ist in ihr Auto gestiegen und Richtung altes Pfarrhaus gefahren. Dort hat sie den Wagen ein Stück entfernt abgestellt und ist ausgestiegen.«

»An dir ist ein Detektiv verloren gegangen«, rief Robin. »Du solltest zur Polizei gehen.«

»Unterbrich mich nicht ständig. Als ich bei euch am Hof ankam, habe ich beobachtet, wie sie aus der Scheune schlich. Sie trug deine Katze auf dem Arm und ich glaube . . . ich glaube, sie ist tot.«

»Nein«, erwiderte Stella mit Tränen in den Augen. »Sie lebt. Aber du meinst, Pat hat sie vergiftet?«

»Jedenfalls trug sie sie auf dem Arm.«

Stella schluckte die Tränen hinunter. »Was ist dann passiert?«

»Sie hat die Katze vor die Haustür gelegt, geklingelt und ist dann schnell wieder in der Scheune verschwunden. Das kam mir verdammt komisch vor. Vor allem als ich gesehen habe, wie du in der Haustür erschienen bist und die Katze hochgehoben hast. Mann, ich habe gedacht, ich mache mir vor Schreck in die Hose.«

»Warum bist du nicht gekommen?«, fragte Stella. »Du hättest es mir sagen müssen.«

»Wollte ich ja. Aber kaum hast du die Haustür zugemacht, da kam Pat auf diesem alten Fahrrad wieder heraus und ist weggefahren. Ich wollte wissen, was sie vorhat. Es kam mir alles so seltsam vor.

»Du hattest recht«, mischte sich Stellas Vater ein, der gerade mit einem Becher Tee zurückgekehrt war und wieder zu ihnen ins Auto stieg. Dankbar sah er Mary an.

»Ja, echt super«, meinte Robin.

Marys Gesicht verzog sich zu einem verlegenen Lächeln. Zum ersten Mal sah Stella ihr Gesicht strahlen.

»Und dann?«

»Dann habe ich sie aus den Augen verloren. Ich bin immer ein Stück hinter ihr geblieben, sie sollte mich ja nicht sehen. Plötzlich war sie weg. Hat sich einfach in Luft aufgelöst. Ich bin zurück zu dir gefahren, aber du warst nicht da. Die Katze war verschwunden.«

»Ich habe sie zum Tierarzt gebracht.«

Ihr Vater reichte Stella den Becher Tee. »Trink!«

»Jetzt nicht!«

»Trink!«, wiederholte er und sie nahm schnell einen Schluck, bevor Mary fortfuhr. »Das wusste ich ja alles nicht. Ich dachte, ich muss etwas tun und bin zu Robin gefahren.«

»Ich will gar nicht an den Ärger denken, den ich bekomme, weil ich einfach aus der Studierzeit abgehauen bin«, warf Robin ein.

»Stell dir vor, Mary stürmt einfach an der Fröhlich vorbei. Der bleibt geradezu die Spucke weg. Mary erscheint im Saal, rennt an meinen Tisch, klappt mein Buch zu und sagt: ›Wenn dir Stella etwas bedeutet, vergiss dieses Englischbuch und die Claasen und komm mit mir. Ich glaube, sie braucht uns jetzt.‹«

Freunde, dachte Stella. Selbst wenn sie hundert Leben hätte, konnte es hundert Mal schiefgehen, wenn man niemanden hatte, der sich wirklich um einen sorgte. Freunde waren wichtiger als sieben Leben. Auch Freitag hatte nur überlebt, weil sie für ihn da gewesen war.

»Mama ist vor dem Unfall schlecht gewesen«, sagte Stella leise.

Ihr Vater wischte sich mit der Hand übers Gesicht. »Warum hast du mir das nicht erzählt?«

»Du hast mir ja nicht einmal das mit den Anrufen geglaubt.« Stella konnte nicht verhindern, dass ihre Stimme vorwurfsvoll klang.

»Natürlich hätte ich dir geglaubt«, unterbrach ihr Vater sie entrüstet. »Dann hätte mich auch nicht die Polizei anrufen müssen wegen dieses Obduktionsberichtes.«

Stella warf Robin einen Blick zu. Der hob die Schultern und sagte: »Dumm gelaufen.«

»Kannst du dir vorstellen, wie verwirrt ich war, als ich diesen Anruf vom Institut für Rechtsmedizin bekomme und mir jemand sagt, ich könne den Obduktionsbericht in Kiel abholen. *Welchen Obduktionsbericht?*, frage ich.

Den sie beantragt haben.

Ich habe keinen beantragt.

Aber wir haben hier einen Brief, der von ihnen unterschrieben ist.

Robin hatte offenbar kein Interesse, den Betrug, für den er und Stella verantwortlich waren, in ganzer Länge anzuhören. »Haben Sie ihn gelesen?«, rief Robin. »Was stand denn drinnen?«

»Dass meine Frau eine hohe Dosis Diazepam im Blut hatte. Die

Polizei hatte den Verdacht, dass deine Mutter Selbstmord begehen wollte.«

Stella sah wieder Pats Kosmetikkoffer vor sich.

»Wie heißt das Medikament?«

»Diazepam«, wiederholte Robin.

»Ich habe das Mittel in ihrem Schrank gesehen.«

»In welchem? In Kerstins Schrank?« Ihr Vater wurde blass.

»Nein, in Pats. Sie hatte Kleider von Mama dort und ihre Schuhe. Aber warum?«

Stellas Vater schüttelte den Kopf. »Das kann nur sie beantworten.«

Pat. Stella hatte ganz vergessen, dass sie noch dort oben war. Was, wenn sie bereits vom Turm gesprungen war?

War es das, was Stella sich wünschte?

Sie wusste es nicht. Alles sollte einfach vorbei sein. Mehr wollte sie nicht. In diesem Moment kam Pat am Arm eines Polizisten zur Tür heraus. Sie blieb kurz stehen und sah zu ihnen herüber. Stellas Vater machte eine Bewegung, als wollte er zu ihr gehen, hielt aber abrupt inne. Stella spürte, dass er am ganzen Körper zitterte. Sie hat ihn noch nie so wütend erlebt.

Alle schauten zu, wie Pat zu dem Krankenwagen geführt wurde, aus dem die Notärztin ausstieg, die Freitag gerettet hatte. Hedwig. Sie hieß Hedwig.

Sie winkte ihnen zu.

»Was ist mit Freitag?«, rief sie herüber.

»Er hat überlebt.«

»Das ist gut.«

»Übrigens«, sagte Stella zu ihrem Vater. »Ich muss dir etwas sagen. Ich habe den Notarzt gerufen und ich glaube, du musst das bezahlen.«

»Das hast du gut gemacht. Ich hätte mir keine Sorgen machen sollen. Du weißt, was du tun musst, wenn es darauf ankommt.«

»Was passiert jetzt mit Pat?«
»Sie kommt in ein Krankenhaus. Sie ist krank.«
»Sie wollte Mama und Sven etwas antun.«
Er nickte. »Und dir.«
»Sie war in dich verliebt«, erklärte Stella. »Sie wollte dich für sich alleine haben.«
»Aber . . .«
»Du kennst dich vielleicht mit Walen aus«, unterbrach ihn Stella, »doch was Menschen betrifft, musst du noch viel dazulernen.«
»Aye, aye, Captain«, sagte er. »Was ist mit deiner Mütze?«
»Die schwimmt auf dem Meer, wo sonst?«

SIEBENUNDZWANZIG

Das Licht der Oktobersonne tauchte die Insel in ein blasses Gelb. Es war ein Freitag, an dem die Schulband ihr jährliches Herbstkonzert gab. Der Tag vor den Herbstferien. Auf dem Pausenhof herrschte große Aufregung. Die ganze Insel war gekommen sowie die Eltern aller Schüler, die im Rosenhof wohnten. Stellas Vater war aufgeregter als seine Tochter. Er hob die Gitarre so vorsichtig aus dem Kofferraum, als handele es sich um ein empfindsames Messgerät. »Hast du alles?«, fragte er bereits zum dritten Mal. »Deine Noten, Ersatzsaiten?«
»Weißt du, was, ich setze dich jetzt in der Aula in die erste Reihe und da bleibst du und bewegst dich nicht von deinem Platz.«
»Woher nimmst du diese Ruhe? Schließlich ist es dein erster eigener Song, der gesungen wird.«
»Okay, es ist mein erster Song, aber ich habe ihn die letzten Tage wahrscheinlich hundert Mal geübt. Es kommt mir vor, als ob die Beatles ihn schon vor vierzig Jahren gespielt haben. Es ist nicht mehr mein Song. Er gehört unserer Band.«
Über dem Eingangsportal der Schule hing ein großes Transparent: *Livekonzert der Lord-Byron-Band*.
Mary war rot geworden, als sie die Band so getauft hatten, aber sie waren sich alle einig gewesen. Der Name klang cool. Er war kurz, geheimnisvoll und einfach super. Er verlieh ihnen das richtige Image.
»Das braucht man heutzutage, um Erfolg zu haben«, hatte Pepe, der Schlagzeuger, gesagt. »Ein Label. So etwas wie ›Wir sind Byron‹.«

Er musste es wissen, denn seine Mutter, die Schauspielerin, kannte sich mit so was aus.

Als Anfangssong hatte Dudichum mithilfe von Mary das Gedicht von Byron vertont, das sie auf dem Weißen Friedhof gelesen hatte.

»Wo müssen wir hin?« Ihr Vater sah sich verzweifelt um. So viele Menschen waren ihm unheimlich.

»Das ist eine Inselschule, keine Eiswüste. Du kannst dich nicht verirren.«

»Ich weiß nicht«, meinte ihr Vater, »Schulgebäude machen mich nervös. Ich habe immer noch das Gefühl, meine Hausaufgaben nicht gemacht zu haben.«

Stella hatte keine Gelegenheit, ihren Vater zu beruhigen, denn sie sah Robin auf sich zukommen. Ihr Herz schlug Alarm. Nicht nur wegen Robin, der in der schwarzen Hose und dem weißen Rüschenhemd einfach cool aussah, sondern auch weil er in Begleitung seiner Eltern war.

»Hi!« Er grinste verlegen »Das ist sie, Stella.«

Das ist sie, Stella, hatte er gesagt.

Er hatte seinen Eltern von ihr erzählt.

Sein Vater reichte ihr lächelnd die Hand. Er hatte halblange Haare und trug eine schwarze Lederjacke zu hellblauen Jeans. Offenbar hielt er nichts von angemessener Kleidung angesichts eines Schulkonzertes im Gegensatz zu den meisten anderen Eltern, die gekleidet waren, als handele es sich um ein Konzert der Berliner Symphoniker.

Robins Mutter war nicht größer als Stella. Ihre blonden Locken hatte sie versucht, im Nacken durch einen Haargummi zu bändigen. Ihr Lächeln, mit dem sie Stella begrüßte, war herzlich.

»Robin spricht ständig von dir, der Band und deinem Song. Ich kenne ihn schon auswendig, als hätte ich ihn seit Jahren im Radio gehört.«

Beide begrüßten Stellas Vater herzlich. Ihn kannten sie bereits. Nach der Sache auf dem Leuchtturm, war er nach Bremen zu Herrn Falk gefahren, der ihm einen Rechtsanwalt empfohlen hatte.

»Alles okay?«, fragte Herr Falk.

»Es war eine schwere Zeit«, erwiderte Johannes Norden, »doch Stella ... und ich ... wir kommen langsam klar mit der Sache.«

»Sie wird es vergessen ...«, erschrocken hielt Herr Falk inne. Seine Hand hob sich entschuldigend. »Ich wollte sagen überwinden.«

Robins Mutter lachte laut auf, ihre Hand legte sich auf die ihres Mannes. »Ich glaube nicht, dass Stella will, dass wir das Wort ›Vergessen‹ komplett aus unserem Wortschatz streichen, das könnte schwierig werden.«

Stella warf Robin einen Blick zu, der sagte: *Von wegen, die lassen sich scheiden. Nie und nimmer.*

Robin ignorierte jedoch seine Eltern. Offensichtlich machte ihn dieses Herumstehen nervös. Immer wieder fuhr er sich mit der Hand durch die Haare. »Ich glaube, wir müssen hinein. Die Instrumente stimmen.«

»Toi, toi, toi!«, rief sein Vater, wobei er ihm auf die Schultern schlug. Nein, Stella konnte sich nicht vorstellen, dass er Verbrecher fing. Er wirkte wie ein großer Teddybär. Überall Haare und eine Stimme vergleichbar mit einem Kontrabass. Andererseits sah man auch Freitag nicht an, dass er Mäuse fing. Dennoch hatte heute Morgen ein kleines graues Tierchen mit durchgebissener Kehle vor der Haustür gelegen. Auch Pat hatte niemand angesehen, dass sie ihrer Mutter dieses Medikament gegeben hatte. Diazepam, hatte Dr. Mayer erklärt, wirkt schnell auf das zentrale Nervensystem und führt bei Überdosierung wie im Fall ihrer Mutter zur Bewusstlosigkeit. Pat hatte es seit Jahren eingenommen. Sie kannte sich damit aus. Sie hatte gewusst, dass Kerstin Norden nicht in der Lage sein würde, das Auto zu steuern.

Dr. Mayer hatte auch versucht ihnen zu erklären, was in Pat vorgegangen war. Er hatte ihnen die medizinischen Fachbegriffe genannt, vom Trauma gesprochen, das der Tod ihres kleinen Bruders Claus ausgelöst hatte. Dazu kam, dass ihr Vater, Jonathan Anderson, seine Tochter von der Insel verbannt hatte. Sein Leben lang hatte er sie dafür verantwortlich gemacht, dass ihr kleiner Bruder in die Tiefe gestürzt war. Erst nach über einer Woche war sein Körper am Strand angespült worden.

»Es hat mit Eifersucht angefangen«, hatte Dr. Mayer zu ihrem Vater gesagt. »Dann kam der Neid dazu. All diese Gefühle müssen sie sich als Termitenschwarm vorstellen, der im Innern alles zerfrisst. Schuldgefühle, Neid, Eifersucht, die Erinnerung an ihren Bruder. Ihre Frau hatte alles, was sie nicht hatte. Sie brauchen sich keine Vorwürfe zu machen. Sie konnten das alles nicht wissen.«

»Aber ich hätte es sehen müssen. Ihre Veränderung. Dass sie immer mehr aussah wie meine Frau. Aber ich war so beschäftigt. Mit mir. Mit unserem neuen Leben. Ich habe es einfach verdrängt. Ich kann immer noch nicht glauben, dass sie Stella täglich angerufen hat, dass sie im Haus herumgeistert ist, um sie zu erschrecken, um ihr Angst zu machen, sie zu verwirren. Ich habe es Stella nicht geglaubt.«

Er hatte einen Moment geschwiegen. »Warum habe ich es nicht bemerkt? Pat wollte gar nicht, dass Stella sich erinnert.«

»Niemand sieht einem anderen Menschen an, was in ihm vorgeht«, hatte Dr. Mayer mit diesem heiligen Gesichtsausdruck gesagt.

»Das stimmt nicht«, hatte Stella widersprochen.

Verwundert hatten die beiden Erwachsenen sich ihr zugewandt.

»Wie willst du einem Menschen ansehen, dass er böse ist?«
»Nein«, hatte Stella geflüstert, »sehen kannst du es nicht, aber spüren.«
Dr. Mayer hatte bedächtig genickt und gesagt: »Du hast recht, Stella. Spüren kannst' du es.«
Es war Dr. Hedwig Petter, die verhinderte, dass ihr wieder die Tränen kamen. Die Notärztin hatte ihre Haare hochgesteckt und trug ein orangefarbenes Kleid, das zu den rotbraunen Haaren echt stylisch aussah.
»Alles okay?«, fragte sie.
Nein, sie war nicht verheiratet. Stella hatte sich erkundigt.
»Klar«, rief Stella bereits im Gehen, »aber ich muss los. Die Proben schon. Sie können sich ja neben meinen Vater setzen. Ich halte euch zwei einen Platz frei.«
Stella winkte ihnen noch einmal zu und ignorierte den panischen Blick, den ihr Vater ihr zuwarf.

Als Stella die Bühne betrat, jubelte das Publikum. In der ersten Reihe saß Mary in dunkelgrauen Hosen, über denen sie eine lange weiße Bluse trug, und winkte ihr zu. Es war der Tag vor den Herbstferien und morgen würde Mary zu ihrer Mutter aufs Festland fahren.
Sie, Stella, gehörte dazu.
Sie war zu einem Teil der Insel geworden.
Stella dachte, dass für kurze Zeit, für einen Moment, alles gut war. Einfach perfekt.
Sie nickte Robin zu. Er schlug den ersten Akkord an.
Stella. Stella.
Somebody calls me.
. . .